神スキル【呼吸】するだけでレベルアップする僕は、神々のダンジョンへ挑む。

妹尾尻尾 illust▶伍長

モンスター文庫

メアリー・プラータ
ラーナ・プラータ

プリネ・
ラモード

アンナ
「すごいよラーナくん！
すごいすごい、
すごすぎるっ！
こんな天才
めったにいないわ！」

「あ、ありがとうございます……？」

「ラーくん、あのね……
ん…………………」

「オレはエレナ・バルタチャ。
修行歴三十年の
ベテラン鍛冶職人見習いだ。
よろしくな」
エレナ・
バルタチャ

神スキル【呼吸】するだけでレベルアップする僕は、神々のダンジョンへ挑む。①

妹尾尻尾

MONSTER bunko

神スキル【呼吸】するだけでレベルアップする僕は、神々のダンジョンへ挑む。 1

CONTENTS

未来は変えられる、とその魔女は知っていた。
ならば、と思う。
その逆もまた然りなのでは、と。

第一話　神のスキル

「よくぞ参られました。子供たちよ」

スクのお城。

謁見《えっけん》の間。

女王ウルスクク様の泰然《たいぜん》とした声が、頭の上から届く。

今月で十五歳になる僕たち九名は、膝をついて頭を垂れて、逸る胸のうちを抑えながら、粛々《しゅくしゅく》とその言葉に耳を傾けていた。

「『ダンジョンへ挑むもの』たちよ。スキルを授けましょう」

からん、と音がした。右から左へ。きっと、女王様がいつも持っている大きな杖を振ったのだろう。僕たちへ魔法をかけるように。

すると、

「うお……」

「おお……これが」

耳に聞こえる驚嘆の声。皆、次々にスキルを得ていく。

いよいよスキルを賜《たまわ》るのだ。『ダンジョンへ挑むもの』――冒険者のみに贈られる、神々のスキルを。

僕は前人未到のダンジョン最下層へ降りて、最強の冒険者になるんだ。絶対に！

今まで剣を習ってきたからできれば戦士系スキルがいいけど、ひょっとしたら魔法系スキルなんか賜《たまわ》っちゃったりして。僧侶系は地味だからちょっと勘弁してほしいけど、ここは一つ何にでも役立つ身体強化系スキルを……。

などと考えていると、僕の脳裏に声が響いた。

――【呼吸】。

……なにそれ。もう一回聞いてもいいですか？

――スキル【呼吸】。息を吸って吐くことができる。

いや、今でもできますけども。

今、普通にしてますけども。肺呼吸を。

脳内でツッコミを入れるが、それ以上の声はない。

「行き渡ったようですね。では解散とします」

「「ははー！」」

え、ちょ、待って、待って。僕まだ【呼吸】しかもらってないんですけど……。

抗議したくても、女王様の前では頭を上げることすら許されない。

焦る僕を残して、女王様の足音は遠ざかる。

やっと頭を上げられた僕だが、いまだ一切の私語は禁止だ。一緒に来た皆とともに衛兵さんに正門まで連れて行かれ、理解不能のまま、お城を後にしたのだった。

ＳＳＳＳＳＳＳＳＳＳＳＳＳＳＳＳＳ

女王の寝室にて。

ばふ、と大きなソファに女王ウルスククが背中を預けた。

白い肌に、人間離れした美しい容姿。だがお尻にはこんもりとした小さな尻尾《しっぽ》があり、頭の上には長い耳がぴーんと生えていた。片方は折れている。

この女王様は半神半人である。半分はウサギの神様なのだ。姉は月で餅をついているはずである。

「あー、疲れました。今月は多かったんですね」

横に控える女性の側近が、はい、と頷いて、石板《タブレット》を渡す。

「八の月の生まれは九名。授けたスキルはこちらになります」

「どうして授けるスキルを私が選べないのかしら。そうしたらもっと面白いですのに」

「天神様の思し召しですから」

「私に決定権はないですもんねー。はいはい知ってますよー。ぶすー」

側近がいつものように答えると、ウサ耳女王様もいつものようにふてくされた。

天神様はその字のごとく、天におわす神様である。偉いのだ。

石板《タブレット》の上を女王様の指が滑る。すると、文字がするーっと下がっていった。神の御業である。

「ええと、なになに、【斧術の心得】、【銀宝の嗅覚】……。あらすごい。今月は粒ぞろいじゃないですか」

「先月も【魔女の恩恵】を賜《たまわ》った子供がいましたね」

ここ、スクク王国は『ダンジョンのある国』として栄えている。

古き神の作り給うた『ダンジョン』。金銀財宝ざっくざく。ただしモンスターもたくさんいる。

命と誇りと名誉を懸けて『ダンジョンに挑むもの』には、十五歳になると固有スキルが与えられるのだ。

スキルとは、人間の限界を超えて、戦闘能力を引き上げるものだ。ウサ耳女王様の言っていた【斧術の心得】などが、それにあたる。

「あら？」

石板《タブレット》をスクロールしていた指がぴたりと止まる。

親指と人差し指でズームアップして、もう一度戻して、もっかいズームアップする。それを繰り返した後、わなわなと震えだした。

「………って、うわぁ！　なにこれ！　いいのですかこれは！」

「ようやくお気付きになられましたか」

女王様は飛び上がるように起きて、石板《タブレット》を側近に思いっきり近づけて叫んだ。

「スキル【呼吸】！　これ、いまは隠蔽《いんぺい》魔法がかかっているから、こうですけど！」

「ええ、その実は……【神呼吸《しんこきゅう》】」

「呼吸するだけでレベルアップ！　いえ、それどころじゃないです。これは神のスキルですもの！　そのうち息を吹くだけで敵の命を散らしたり、味方の致命傷を回復させたり、あらゆる効果が得られます！　まさに【神の息吹《ゴッドブレス》】！　この子供は？　どこの子？　どこにいるのです⁉」

はー、と側近がため息。

「女王様。私どもの干渉《かんしょう》は禁じられております」

「も――――――う！　絶対楽しそうなのに――――――――！　天神様のばか――――――――――――――！」

「そんなことを言っては、バチが当たりますよ」

　ｓｓｓｓｓｓｓｓｓｓｓｓｓｓｓｓｓｓｓｓｓ
　まさかお城でそんな会話が繰り広げられているとは露知らず。

　スキル【呼吸】を賜《たまわ》った僕――ラーナ・プラータは、とぼとぼと城下町を歩いていた。

「はぁ……」

　そっとしておいてほしい。ダンジョンを制覇するっていう、小さい頃からの夢が絶たれたのだ。

　せめて探索系だったらなぁ。シーフとしてどっかのパーティに入れたかもしれないのに。なんだよ【呼吸】って。

「はぁ………」

　と、何度めかの大きなため息をつく。

　すると、背後から、誰かに頭を小突かれた。

「おーい、ラーナ！　【呼吸】スキルのラーナくん！　また使えねぇスキルもらっちまったもんだなぁ！」

「ギルド行ってステータスシートもらってこいよ！　スキル【呼吸】――息を吸って吐くことができます？　そんなん俺にもできるぜ！　すぅうううううはぁあああああああ！」

「げははははははははははははははははは！」

一緒にスキルを賜《たまわ》った二人だ。デカい方がカーロスで、ヒョロ長いのがクレイ。家が近くて歳も同じだから、小さい頃から何かと絡んでくる。面倒くさい。

きっ、と睨んでやると、ちょっと怯《ひる》んだが、すぐに睨み返してきた。

「何だよ！　やんのかこいつー！　俺は【斧術の心得】をゲットしたんだぜ！　戦士になってダンジョンを暴れ回ってやる！　お前みたいなワケ分かんねースキルとは違うんだよ！」

「俺は【銀宝の嗅覚】だー！　宝箱をめちゃくちゃ見つけてやるぜ！」

……ちくしょう。悔しくなんかない。

ただこいつらがうるさいから、走るだけだ！

「あっ逃げた！」

「【呼吸】ヤローが逃げたぞ！」

「げはははははははははははははははははは！」

ちくしょう。

「ただいまー」

裏庭の門戸を開けて、僕は声をかけた。返事を待たず、そのまま狭い庭に入る。正面玄関はお客さんが使うから、家の人間は裏門から入るのが我が家の決まりだ。

僕の家は宿屋である。

ダンジョンへ潜る冒険者をターゲットにした、割とリーズナブルな宿だ。

建物はすこーし古いし、部屋はちょっとボロいし、ダンジョンからはちょこっと遠い。にも拘《かかわ》らず、そこそこ繁盛している。

古くて不便だがそのぶん安いし、父さんの美味しい料理と、母さんのきめ細やかな気配りがその理由だろう。

そしてなにより、『看板娘』がいる。これが大きい。

「お兄ちゃん、おかえりー！　おみやげは？」

家の裏口の扉が開いて、やたらと元気な少女が飛び出してきた。花が開いたような笑顔で、尋ねてくる。

我が宿の看板娘——妹のメアリーだ。

歳は僕の一つ下で、今年十四歳になる。母親に似た愛嬌《あいきょう》のある顔立ちは、街でも人気があるのだ。

「お城へ行って来たんでしょ？　おみやげは？」

門扉を閉めた僕のところまでダッシュして、また聞いてきた。

「ねーよ」

「お兄ちゃんの夢が破れたお話でもいいよ？」

「なんで知ってるんだ⁉」

思わず声を上げると、メアリーはびっくりした顔をする。

「え、本当にダメだったの。ごめん」

「いや……いいよ。こっちこそ大きな声出してごめん」

僕は、妹の横を通り抜ける。

「おとなしく宿屋の息子をやるよ。父さんと約束したからな。冒険者になれなかったら店を継ぐって」

メアリーが振り返って、僕を励ますように告げた。

「お兄ちゃん、まだダンジョン行ってないじゃん！」

「いいんだよ、もう」

「諦めちゃダメだよ！ どんなスキルだって、きっと何かの役に立つよ！」

僕は、思わず振り返った。

「【呼吸】スキルが何の役に立つんだよ！ 息を吸って吐くことができます⁉ なんだよそれ！」

「や、やってみないとわかんないよ！ 呼吸、呼吸でしょ⁉ うーんと、えーと、ぱっとは思いつかないけど！」

「もういいんだよ、ほっといてくれ……」

僕が投げやりにそう言うと、妹は黙った。頰を膨らませて怒っている。

しかし、すぐにぱぁっと顔を明るくすると、こう言った。

「そうだ！　お兄ちゃん！」

「……なんだよ」

「さっき、プリネちゃんが来て、また後で来るって言ってたよ！」

幼馴染の名前だ。スキルの件だろう。

「わかった。ありがと」

「一緒にダンジョンに潜るんでしょ？　プリネちゃんと一緒だったらきっと――」

「どうかな」

「もう、お兄ちゃんってば！」

責めるように声を荒げる妹に、僕は再び背を向けた。

そのまま、二階の自室に向かおうと、外階段に足を掛ける――そのときだった。

「――きゃあああああっ！」

背後でメアリーの悲鳴がした。しかし振り返れない。

身体が凍りついたように固まっていた。まるで見えない力で掴まれているかのようだった。

――魔法……!?

比喩《ひゆ》ではなく、目の前が真っ暗になる。階段が、壁が、空が、自分の足が、手が、真っ黒になって見えなくなった。

　そして突然、声が聞こえた。女の声だった。

「……間違いない」

「だ、誰だ！」

「……この娘の『時間』はいただいていく」

「ふざけんな！　お前はどこのどいつだ⁉」

「……北の魔女」

　声がそう告げると、真っ黒な闇がカラスになって、バサバサバサバサ、と飛んでいった。僕の身体も動くようになっている。

「メアリー！」

　振り返ると、倒れた妹の姿があった。駆け寄ってその体を起こす。

「メアリー！　メアリー！」

　息はしているが、何度声をかけても目を覚まさない。ぴくりとも動かない。

「ラーくん！」

　いつの間に来ていたのか、幼馴染のプリネが走ってくる。

「今の何⁉」

「お前も聞いてたのか。プリネ、父さんと母さんを呼んできてくれ！」

「メアリーちゃん！　どうしたの!?」

「とにかく父さんと母さんを！」

「は、はい！」

両親がやってきたのは、その後すぐのことだった。


「これは『魔女の呪い』です。私では手に負えません……」

いつも診てもらっている魔法医のジーン先生が、残念そうに首を振る。

あの後、メアリーを自室のベッドに寝かせた。

『北の魔女』と名乗る謎の声は、両親の耳にも聞こえたらしい。すぐに魔法医を呼んだが、この国いちばんと呼ばれている先生でも、メアリーを目覚めさせることはできないようだ。

「メアリーは……メアリーはどうなりますか、先生！」

「恐らく、一年後には衰弱して……息を引き取るでしょう」

死ぬ、というのか。僕の妹が。あんな、わけのわからないヤツのせいで。

「そんな……。どうして……！」

手で顔を覆って泣き続ける母に、ジーン先生がぽつり、とつぶやく。

「……『賢者の種』なら」

僕は一瞬ぎくっとした。父が尋ねる。

「『賢者の種』？　それがあれば治るんですか⁉」

「はい、おそらく。ラーナくんは知っているよね、どこにあるか」

話を向けられ、ゆっくりと僕は頷く。

「ダンジョンの……最下層です」

いまだ誰も到達したことのない、ダンジョンの最下層。

そこには、万能の霊薬と呼ばれる『賢者の種』があると言われている。

あらゆる魔術師、冒険者が喉から手が出るほど欲しがる逸品だ。なるほど、それさえあればメアリーの呪いも解けるだろう。

宿屋のオヤジである父のツテで、他の解呪師や魔術師を呼んで診てもらったが、誰もメアリーを目覚めさせることはできなかった。

ならばもうこれしかない。


翌日。

二泊分の荷物を持って、僕は裏玄関の前に立っていた。

これからダンジョンギルドに登録し、職業《ジョブ》を授かり、冒険者となる。そして、一年以内にダンジョンの最下層へ到達、『賢者の種』を手に入れる。

全ての冒険者の目的であり、巨万の富と交換できるという、『賢者の種』を。

たとえスキルが【呼吸】っていうわけのわからないものでも、もう決して諦めたりしない。

メアリーが僕を励ましてくれたように。

「ラーナ」

見送りに来てくれた父さんと母さんが、心配そうに声をかけてくれた。

「『北の魔女』の話は、父さんからギルドへ話しておく。見つかったら冒険者に依頼して、とっちめてもらうからな」

「だから、ラーナ。あなたは無理しなくていいんだからね？」

昨夜から何度も同じ問答を繰り返して、そのたびに大丈夫だよ、と笑ってみせた。妹に続いて僕まで帰って来なかったら……そう思っているに違いない。

僕はぎゅっと二人の手を握る。

「絶対にメアリーを目覚めさせるから」

踵《きびす》を返して、生まれてからずっと住んできた、僕の家を出発した。

鼻の奥がツンとした。

路地裏に隠れて目を拭いたあと、ギルドへと続く道を再び歩き出す。

この辺で待ち合わせしたはずなんだけど……。

僕が辺りをきょろきょろ見渡していると、

「や、やめてください、離してください！」

女の子の悲鳴が聞こえた。反射的に身体が動いて走り出す。この声は──！

角を曲がるとすぐそこにいた。人気《ひとけ》のない枯れ井戸の側、男二人が女の子を囲んでいる。

「──何してるんですか」

いきなり殴りかからずに、しかも敬語が出せたのは我ながら奇跡だったと思う。

「ああ？」

「なんだガキ。消えろ」

そいつらは冒険者風の装備をしている。大男と小男だった。

「ラーくん！」

絡まれていた女の子は、美少女といって差し支えない。

幼馴染のプリネだ。

容姿《かお》も身体の発育も良くて、僕がいないとオドオドしているプリネは、どうもこういう輩《やから》に狙われやすいのだ。そのたびに何とか助けてきたものだけど、相手が冒険者となると、一筋縄じゃいかない。穏便に済ませられるよう努力しよう。

「あの、そいつ、僕の連れなんで、離してやってく」

「あぁん？　知るかよバーカ」

「お嬢ちゃんも俺たちと遊びてぇよなぁ？」

大きい男がプリネに顔を近づける。

離れようともがく彼女の腕が、ぎゅっと掴まれた。

「痛っ！　や、やめてくださいっ！」

プリネが痛みに悲鳴を上げて、僕の脳みそは一瞬で沸騰《ふっとう》した。頭の片隅に残った最後の冷静さでそいつらに尋ねる。

「あんたら冒険者だろ？　恥ずかしくねぇのか？　それとも大したことねぇ基本職か？」

「なんだとてめぇ！」

「基本職ばかにすんじゃねぇぞ！　俺ぁこれでも戦士レベル5の#$%&《ぶげら》」

大きい男がイキリ終わる前に、僕は背負っていたバッグをぶん投げた。

めきょっという音がして、バッグは男の顔面に直撃した。中身がぶちまけられる。

プリネから手が緩んだが、こんなのはただの陽動。おそらくすぐに復帰するだろうから、その前にもう一人へ目眩《めくら》ましをしなければならない。

「てめぇ！」

敵意を剥き出しにしてこちらを見る小さい方の男。そのときにはもう、その顔面に渾身《こんしん》のドロップキックがめり込んでいた。

まだ十五歳の小さな身体だが、全体重が乗った一撃は馬鹿にできまい。怯《ひる》ませるくらいはできたはず。

戦士レベル5っていったら、街中《まちなか》じゃそこそこ強いやつ。殴り合いじゃ無理だ。とりあえず一発は食らわせて僕の気も晴れた。あとは逃げるが勝ち。

「行くぞプリネ!」

「うん、ラーくん!」

幼馴染の手を取ってジグザグに道を逃げる。せっかくまとめた荷物がパーだ。一度家に戻らないといけない。

出てったばかりなのに。今生《こんじょう》の別れみたいな雰囲気だったのに。うわぁ気まずいなぁ。

そんなことを考えていると、違和感を覚えた。

足音が追ってこない。

「……あれ?」

「はあっはあっはあっ、ら、ラーくん、どうしたの……?」

「いや、あいつら追ってこないなって。ふーん。変なの」

「はあっはあっ、へ、変なの?」

「冒険者でもない子供にケンカ売られたら、普通ムカついて追いかけてくるでしょ、ああいう奴らは」

「はあっ、はあっ、そうなんだ……」

「ちょっと見てくる」

「へぇっ?」

「ここにいろよ……っていうと、またさっきみたいなことになるか。ていうかお前、体力ないなー」

「はあっ、ラーくん、が、すごい、だけ……」

「よいしょっと」

「はへぇっ⁉」

プリネをおんぶした。

「お前、軽いな。メシ食ってる?」

「ふぇぇ⁉」

「じゃ、ちょっと見てくるか」

来た道を慎重に戻ってみたら、何やらざわざわしていた。人が集まっていて、叫び声も聞こえる。

「なんだ?」

壁から顔を覗かせたら、

「あ、さっきの子だ!」

「どこ？　あら、本当じゃない！」

痩《や》せたおじさんと太めのおばさんに見つかった。

やばい、とりあえず逃げよう。

踵を返した僕の背中に、おばさんの声が響く。

「待って待って！　あんたたちをどうにかしようってんじゃないのさ！　お礼をさせておくれよ！」

いつでも逃げられるような体勢のまま、首だけふりかえって尋ねる。

「……お礼？」

「この文無しどもをとっちめたお礼だよ！」

おや？

太めのおばさんと痩《や》せたおじさんは、娼館《しょうかん》の主と会計係だという。

話を聞くと、あの男二人は娼館《しょうかん》で一晩遊んだものの、金を払わずに逃げたらしい。その途中にプリネが通りかかって、絡まれたというわけだ。

「ウチが契約してる厄介屋が、ほかの店のトラブルに向かっちゃっててねぇ。ちょっと目を離したすきにこれさね」

「はぁ」

「いやそれよりも、あんた凄いじゃないか！　冒険者くずれとはいえ、『戦士』二人をたったひとりでやっつけちまうなんて！」

周りで見ている人たちからも、すげぇ！　だの、やるじゃん！　だのといった称賛の声が拍手とともに贈られてくる。照れくさい。

「いやぁ、どうも、あはは」

「ラーくんは凄いんです！　いつもカッコイイんです！」

プリネが興奮気味に両手をわたわたさせている。落ち着け。

僕が倒した『戦士』二人は完全に気絶していた。

ダンジョンギルドから授かった職業戦士でありながら、街人である僕に（しかもひとりはバッグを投げられただけで）この有様なのだから、さぞかし弱かったのだろうな。レベル５ってのも怪しいものだ。

娼館《しょうかん》の女主人が、僕に疑問を投げかける。

「で、『ラーくん』は冒険者なんだろ？　職業《ジョブ》は？」

「まだ決まっていなくて……」

「へ？　あんた、職業なしでこれをやったのかい？」

「そうですけど？」

ぱちくり、と女主人。

「あっはっは！　本当に凄いじゃないか！　こりゃ将来が楽しみだねぇ！　オトナになったらウチに来な！　一番いい子を紹介したげるよ！」

女主人は、散らばった中身を全て入れたバッグと、お礼の貨幣が入った布袋を僕に渡しながら、

「ま、こんなに可愛い子が隣にいるんじゃ、その必要もないさね！」

と、わざとらしくウインクしてきた。

その様子を見たら、いや、僕、一度こいつに告白してフラレてるんですけど、とは言えなかった。

そんな僕の思いなんて露知らず、隣できょとんとしているプリネさん。

「可愛いって……？」

「お前のことだよ」

「わ、私っ⁉」

「可愛いよ、プリネは」

「そ、そうかなぁ……えへへ、ありがとラーくん。大好き！」

と、腕に抱きついてきた。

しかしこいつの言う「大好き」に、騙《だま》されてはいけない。これは「お兄ちゃん大好き」と同じ意味だ。決して恋人的なそれではない。

そうとも、忘れるな。僕は一度こいつに告白して、そして——フラレているのだから。

三年前の誕生日。

十二歳になった僕は、勇気を振り絞って長年温めてきた想いを告げた。

好きだ。将来、結婚してほしい——正直忘れたい記憶なのでよく覚えていないけれど、そういった意味のことを告げたと思う。

だがしかし、プリネはきょとんとした後、寂しそうにこう言ったのだ。

「ラーくんには、旦那様じゃなくて、ずっとお兄ちゃんでいてほしいな」

初恋が粉々に打ち砕かれた瞬間である。

以来僕は、せめてこいつのお兄ちゃんでいられるよう、頑張ってきたのだが……。

——まさか忘れたわけじゃねぇだろうな。

嫌な記憶を思い出していると、プリネが不思議そうに僕を見上げていた。

「ラーくん、どうしたの？」

「いや、なんでもねぇよ」

わしわしと頭を撫でてやると、プリネは嬉しそうに微笑む。

お前は本当に可愛い『妹』だよ。

心の中でそう呟いた。

ＳＳＳＳＳＳＳＳＳＳＳＳＳＳＳＳＳＳ

ダンジョンギルド。

この国のダンジョンとそれに挑む冒険者を管轄《かんかつ》する組合である。

ステータスの確認や、冒険者の仕事《クエスト》、職業《ジョブ》の選択がここでできる。さらには、獲得したアイテムも換金できるし、上の階には宿や酒場に、武具屋も揃っている。

「いよいよ来たな……！」

「は、はい……！」

緊張気味のプリネ。僕も同じだ。

正面玄関から一階の受付フロアに入ると、めちゃくちゃ混んでいた。

老若男女、あらゆる職業の冒険者がひしめき合っている。

僕たちは『冒険者　登録』の札へ向かう。幸い誰も並んでいない。受付のお姉さんに声をかけた。

「あのう」

「はーい、いらっしゃいませ！　冒険者登録かな？」

元気な人だった。僕は頷く。

「そうです」

「ボクひとり？　それともお二人とも？」

「わ、私もです」

そうなのだ。プリネは僕の一ヶ月早い生まれだから、すでに先月スキルを賜《たまわ》っていた。僕が昨日スキルをもらうまで、登録を待っていてくれたのだ。

「はいはーい、了解了解♪　それじゃ、ここに名前を書いて」

二枚の紙を差し出される。一番上の空欄に名前を書いて手渡した。

「オッケー。じゃ、ちょーっと待っててね。いま鑑定士に回してスキルとステータスを登録するから♪」

女王様からスキルを賜《たまわ》る『賜天の儀』を済ませると、自分のスキルとステータスがダンジョンギルドに登録される。それを呼び出しているのだ。

「はーい、できたよ。ふんふん。ラーナくんとプリネちゃんね。私はアンナ、よろしくね♪」

「よろしくお願いします」

「あら素直で可愛い。はい、これが今のステータスと、スキルね。どちらも基本的には誰にも言っちゃいけないわ。パーティを組んだ仲間は別として、見知らぬ冒険者さん同士だと何があるかわからないから♪」

羊皮紙のステータスシートを渡しながら、笑顔で警告してくれるアンナさん。

うんうん、と頷く僕とプリネ。

「じゃ、早速、職業《ジョブ》を決めようか♪」

第二話　ダンジョンギルドと初めてのダンジョン

　ギルドの受付のお姉さん——アンナさんが笑顔で話す。

「基本的にはスキルに沿った職業《ジョブ》がいいわね。レベルが上がれば転職もできるし。パーティを組むなら周りに合わせる手もあるけど、最終的には人間って、ひとりだからね♪」

『しばらくお待ち下さい』の札を出して席を立ったアンナさんに、奥のテーブルへ手招きされる。周囲に聞かれないための配慮らしかった。

「十五歳の冒険者ルーキーをカモにするひともいるから、気をつけてね♪」

「は、はい」

「うー、怖い……」

「最初のうちは常に二人で行動することと、ダンジョンの端の方まで行き過ぎないこと。それにしても——」

　と、アンナさんが僕を見る。

「ラーナくん、素のレベルがずいぶん高いのねぇ」

「はい！　常連の冒険者さんに、剣の稽古《けいこ》をつけてもらってましたから！」

「そういう上がり方じゃないんだけど……まぁいいわ。ただスキルの方が……」

「はい。聞いたこともないスキルで……」

「【呼吸】ね。私も知らないけれど、こういうのは珍しくないわ。気にしないで♪　ひょっとしたら水中でも息ができるスキルなのかも？」

「なるほど！」

　感心する僕。

「ステータス欄に書かれていることが全てじゃないの。けっこう大雑把《おおざっぱ》に記されていることが多いから」

「そうなんですか」

「パーティは二人で組むのね？」

「えーと、」

「はい！　組みます！　ラーくんとパーティ組みます！」

　ぐいぐい顔を出して主張するプリネ。

　昨晩僕が「やっぱり一緒にパーティを組むの止めようか」って言ったからだろう。

　そのことをアンナさんに話すと、意外そうな顔をした。

「パーティを組まない？　どうして？」

「……ちょっと事情がありまして、一年で最下層まで潜ることを目標にしているんです。そうするとかなり無茶しないといけないし、危険だし……。プリネまで巻き込むわけには」

「い、今さら私を除け者にしないで！」

「はいはい、ストップストップ♪　ラーナくん、答えたくなければいいんだけど、どうして一年なの？」

僕は少し迷って、

「実は……」

と、妹の状態を話す。

「『北の魔女』……なるほどね。そういえば、そういう依頼が来てたわ」

「私もそれを聞いてたんです！　だから力になりたくって！　でもラーくんが！」

「はいはい♪　ラーナくんはプリネちゃんが心配なのよね。でもラーナくん。一人じゃ厳しいんじゃない？　というか、まず不可能だと思うわ。誰も踏み入れたことのない最下層へ、たった一人で、一年以内に辿り着くなんて」

でも、と反論しようとすると、アンナさんがそれを優しくさえぎった。

「でも、あなたは一人じゃないものね。頼りになるパートナーがいるから、ひょっとしたらできるかも、よ♪」

「けど……」

「それに、プリネちゃん、置いて行っても付いて来ちゃうんじゃない？」

「そうだよ、ラーくん！　私、どこまでもつきまとっちゃうからね！　すと、すとーかーになるから！」

「やめてくれ……。うん、わかったよ。パーティ組もう、プリネ」

僕が折れると、プリネの顔がぱーっと明るくなった。

「うん！」

「微笑ましいわぁ。ひどいことにならなきゃいいけど♪」

アンナさんが、笑顔で不安を煽《あお》るようなことを言った。怖い。

「じゃ、話を戻して。二人とも職業《ジョブ》を選択してね。はいこれ」

と、アンナさんがシートを見せてくれた。

職業の種類と、各々の説明が記されている。

・最初に選べるのは、基本職である下記の6つのみです。
☆武道家……素早い動きで先手必勝。レベルが上がれば『気』を使った強力な一撃も。
☆戦　士……重い武器防具を装備できるパーティの要。攻めて良し、守って良し。
☆魔道士……遠くから強力な攻撃魔法で敵を倒すことができる。近寄られると×。
☆僧　侶……傷を癒やす魔法が使える。攻撃魔法は不得手だが、軽い武器なら使える。
☆シーフ……戦闘能力は低いものの、ダンジョン探索に必須の技能を多く覚えられる。

☆道化師（男）／踊り子（女）……いると楽しい。パーティが華やかになる。
※職業《ジョブ》レベルが20になると転職が可能になります。上級職への転職も可能になります。
※パーティは最大四人を推奨します。転移結晶の特徴によるものです。

・職業レベルが上がると、技能を覚えます。魔法だったり、剣術だったりします。

※例）戦士レベル5到達で、技能『剣術Lv5』を習得。
※例）魔道士レベル1で、技能『小火灯《ファイアーライト》』を習得。

シートを見て、僕は尋ねる。

「この上級職って、基本職の上位に位置する職業ですよね？」

「よく知ってるわね♪　戦士系なら『狂戦士《バーサーカー》』だったり、『聖騎士《パラディン》』。魔道士系なら『大魔導師《ソーサラー・キング》』が有名ね。聞いたことあるんじゃないかしら。どれも、なるのはとっても大変だけど♪」

「職業レベル20以上が必要なんですね」

「それに加えて、特殊な試験があったりするの。すっごく難しいの♪」

「そ、そうなんですか」

「たいていの冒険者が職業レベル15辺りで落ち着くから数は少ないけど。ラーナくんもぜひ目指してみてね！」

「はい！」

上級職か。いずれなってみたい……というか、それくらいならないと最下層になんて行けないよな、きっと。

僕は職業《ジョブ》を『シーフ』にした。色々と便利そうだし、シーフがいないとダンジョン探索もままならないからだ。【初期装備】はダガーとナイフ二本と胸鎧《きょうがい》。ギルドで支給してくれる。

ギルドでもらった僕のステータスは、こんな感じだった。

＝＝＝＝＝

名　前：ラーナ・プラータ

人　間：Ｌｖ25

シーフ：Ｌｖ１

ＨＰ：40

ＭＰ：０

攻撃力：30＋４（ダガー）

防御力：25＋４（初期・胸鎧《きょうがい》）

素早さ：50
技能：鍵開けLｖ1、探知Lｖ1、追跡Lｖ1。
スキル：【呼吸】息を吸って吐くことができる。
＝＝＝＝＝

『人間』の欄に記されているのが、『プレーンレベル』。先ほどアンナさんが言っていた素のレベルとはこれのことだ。

まさか25にもなっていたなんてびっくりだ。普通、二十歳くらいまでは年齢＝プレーンレベルだから、僕は平均より10レベルも上ということになる。強い冒険者さんに剣を習った甲斐《かい》があった。

続いてあるのが、職業《ジョブ》名とそのレベルだ。

冒険者の職業を選ぶと、ステータスの上昇率がプレーンよりも遥かに上がるのだ。

ちなみにプレーンとは、無職ではなく、無色と書くらしい。ギルド職業に染まってないという意味だそうだ。ウチの父さんも無色だけど、宿屋の主《あるじ》だから無職じゃないからな。

「プリネちゃんは、『魔道士』ね。スキルを活かすなら当然これよね♪」

「はい！」

こちらはプリネのステータス。すでに技能を一つ覚えている。魔道士を選んだからだろう。

スキルが強そうで羨ましい。

＝＝＝＝＝
名　前：プリネ・ラモード
人　間：Ｌｖ14
魔道士：Ｌｖ１

ＨＰ：14
ＭＰ：20
攻撃力：14＋１（樫の杖）
防御力：14＋２（魔道士のローブ）
素早さ：14
技　能：小火灯《ファイアーライト》：消費魔力：２。
スキル：【魔女の恩恵】魔法を覚えやすい。魔法効果が上がる。
＝＝＝＝＝

ＳＳＳＳＳＳＳＳＳＳＳＳＳＳＳＳＳＳ

そんなこんなで。
ギルドの受付を訪ねてからおよそ二時間後。

僕たちは支給された【初期装備】を身に着けて、ダンジョンの入り口に立っていた。

「よーし行くぞ、プリネ！」

「おー！」

初のダンジョンだ。

子供の頃からずっと憧れていた、冒険者になったのだ。

――待ってろよ、メアリー。僕が必ず目覚めさせてやるからな！

プリネと頷き合って、僕たちは第一歩を踏んだ。

「今日は第1層をまわるところから始めよう」

僕がそう提案すると、プリネは手を挙げた。

「はーい！」

ダンジョンは100層まである、らしい。誰も到達したことはないけど、女王様がそう仰っていた。幸い、第5層まではギルドから地図が支給される。そこまでは道のあちこちに灯りもついていて、迷うこともほとんどない。

第1層は道幅も広く、多くの冒険者が行き来している。スタート地点だから当然だ。

ほとんどの人が同じ方へ向かって歩いていた。第2層へ降りる階段でもあるのか、テレポート地点でもあるのか。

僕たちの今日の目標は第1層をまわることとなので、人の流れから外れることとなった。

受付のお姉さん——アンナさん曰《いわ》く『最初の三日が一番死にやすいの。プリネちゃんをゴブリンの××にしたくなかったらせいぜい慎重にね♪』だそうだ。怖い。

さてその本人といえば。

「るんるん♪」

「楽しそうだな、プリネ」

「うん！　やっとラーくんと冒険できるって思って！」

「はは、お前も冒険者になりたかったんだなぁ」

「冒険がっていうより、ら、ラーくんと……」

「メアリーが聞いたら喜ぶよ」

「あっ……ごめんね、メアリーちゃんのためなんだもんね。楽しんだりしたら良くないよね」

しゅん、とするプリネ。いけない。誤解を解こう。

「いや、そんなに気にしなくていいよ。肩に力が入ってたら上手くいくものもいかなくなる。むしろ楽しんだ方が効果は上がる……ってディエゴ先生も言ってたし」

「ディエゴさんって、剣を習ってたひとだよね？」

「そう。たまにふらっとウチの宿に泊まりにくる冒険者さん。僕の先生だ」

そっか、とプリネは納得したようだ。

「じゃあ、真面目に楽しみます！」

「おう、頑張ろうぜ！」

「おー！」

と、プリネが杖を振り上げたと同時に、上から何かが落ちてきた。

水色のブヨブヨした物体――否、モンスター。

スライムである。

「きゃあああああああああああああああっ！」

初戦闘。

プリネは初めてモンスターを見たのだろう。僕の背中に回って恐慌《きょうこう》状態だ。僕とモンスターを交互に見ながら、わたわたと騒ぐ。

「わぁ！　どうしよう、どうしよう、ラーくん！　どうしよう⁉　逃げる⁉　逃げる⁉　逃げて！　私のことはいいから早く逃げ」

「えい」

しゅぱん。

僕は身体の左側にぎゅうっとくっついてくるプリネごと前進して、右手に持ったダガーで叩き切った。スライムは真っ二つになってぷるぷるしたあと、しゅお、と消えていった。

勝利である。

「すっごーい！　すっごーいすっごーいラーくん！　すっごーい！」

「いや、ただのスライムだから」

とはいえ内心ドキドキしている。モンスターを相手にするのは、僕も初めてだったのだ。

プリネに気付かれないよう、硬直した右手の指を少しずつ緩めていった。

「すっごーい！　ラーくんはやっぱりすっごーい！　すっごーい！」

興奮気味に身体をくっつけたまま上下するプリネさん。低身長に似合わない大きなお胸が柔らかくて、大変体に毒です。ぷにょんぷにょんしよる。

やれやれ。

とりあえずスライムを一匹倒した。これで経験値が入ったはずである。経験値をたくさん貯めると職業《ジョブ》レベルが上がる。職業レベルが上がるとステータスが上がり、技能が増える。

経験値を得る条件は「モンスターを倒すこと」だけではない。技能やスキルを使ったり、ダンジョンギルドの依頼をこなしたりしても、経験値として計上される。

強くなるには経験値を得て、職業レベルを上げるのが大前提。

ギルドに戻ってステータスシートをもらえば、自分がどれだけレベルが上がったのか、あるいは全く上がっていないのかがわかるだろう。

なかには、体感で何となく「あ、俺いま、強くなったな」って気付くときもあるらしい。

さて、スライム一匹は微々たるものだが、最初の一歩は大きな一歩だ。

「この調子でどんどん行こう！」

「おー！」

「次はお前がやるんだぞ？」

「ふぇえええええっ⁉」

小さな魔道士が、涙目になって叫んだ。

「ほら、プリネ、いたぞー」

「は、はい！　小火灯《ファイアーライト》！」

小さなコブシ大の火の玉がひゅーんと飛んでいき、地を這ってぷるぷるしているスライムに直撃した。

ぼふ。

じゅわぁ。

ダンジョンの床にシミを残して消えるスライム。

勝利である。

プリネは僕を振り返って、ぴょんぴょん跳ねた。

「やったー！　ラーくん見てた？　今の見てた？　ラーくんほらほら！」

「おーう。お見事、お見事」

シミになった床を杖でびしっと刺しているプリネ。その頭を撫でてやる。

「よしよし、さすがプリネだ」

「えへへー！」

というか、プリネの方が僕より凄いはずなのだ。

彼女のスキル【魔女の恩恵】は、魔道士なら喉から手が出るほど欲しいものらしい。魔法を覚えやすく、また威力も上がり、魔法耐性だって強くなるという。

本来、職業《ジョブ》レベル1の魔道士のMPは10程度なのに、最初から20もあるのも、スキルの恩恵だろう。

ゆくゆくは魔道士系の上級職――『大魔導師《ソーサラー・キング》』とかになってしまうのかもしれない。

僕も負けていられないな。

プリネが、嬉しそうにつぶやいた。

「ラーくんと一緒ならモンスターも倒せるんだ、私……」

「一人じゃ無理か？」

「ふえっ一人で⁉　無理無理、絶対無理！」

今はまだ自信が足りないみたいだけれども。

ま、そのうちね。

その後もスライム狩りを繰り返し、第1層をまわる僕とプリネ。

まわる、とは言っても、グルグルまわるほどの規模はない。

入り口から入って、最初に二つの分かれ道。

右へ行けば、一本道で第2階層への階段がある。

左へ行けば、更に道が二つに分かれ、片方は行き止まり。もう片方は少し広い空間に出て、やはり行き止まり。

モンスターは——というかまだスライムしか出てきていないのだけど——壁や隅っこの方の霧から生まれる。霧がモンスターに変形するのだ。永久繁殖である。

僕たちは広い空間でスライムをちまちま倒し、行き止まったら反対側へ折り返してまたスライムを倒し、第2階層への階段まで行ったらふたたび折り返し……というのを繰り返していた。

お腹が空いたら休憩して、プリネの持ってきたサンドイッチを食べる。

途中、ベテランの冒険者さんに挨拶されたり、頑張れよ、と声をかけてもらったりした。

中には貴重な回復薬であるポーションをくれた人もいた。ありがたや。

私物の懐中時計を見て、プリネが聞いてきた。

「ラーくん、そろそろ半日経つよ。戻らなくて大丈夫？」

「そうだな。じゃあ最後に『広い空間』に行ってスライムを倒したら、ギルドへ戻って夕飯にしようか」

「うん！」

「レベル上がってるかなー」

「スライムばっかりだったもんね」

「そういえばお前、魔力まだある？」

うーん、と口に指を当てて考えるプリネ。

「あと三回くらいは小火灯《ファイアーライト》撃てる、と思う……たぶん」

思わず笑ってしまう僕。

「ステータス見なよ」

「あ、そうだね！　えへへ！」

プリネは目を閉じると、ステータス、ステータス、ステータスさーん、と小さく呟いて、目を閉じた。何やらびっくりして、ふんふん、と頷いて、僕を見る。

「ＭＰは８残ってるから、あと四回撃てました！」

「了解。明日はそのへんも数えながら進まないとな」

「そうだね！　さっすがラーくん！」

普通のことであるが。

今日は初日だからこんなにのんびりしているが、ずっとこのペースで回っていては、タイムリミットである一年以内に最下層へ辿り着くなんて、到底無理だ。

明日からは少し急いだ方がいいかもな。第2層、いや3層くらいまでは到達しておきたい。ギルドの推奨到達職業《ジョブ》レベルも3だし、今日で僕たちのレベルもいくつか上がっているはずだから、なんとかなるだろう。

僕はアイテム袋の中から、キラキラと輝く手のひら大の結晶を取り出した。

『最初の一度だけ』ギルドから支給される高級アイテム『転移結晶』だ。ギルドにパーティとして登録したメンバー全員を、ダンジョンの入り口へ転移してくれる便利なアイテムである。

最悪、これを使ってダンジョンの外まで戻ればいい。

もう少しレベルが上がったら、どこかのパーティに入れてもらうことも考えなければならない。高レベル冒険者で、ちょうど二人しかいないパーティなんて、そうそうないとは思うが。

などと、呑気《のんき》に先のことを考えていた僕が馬鹿だった。

「よう、兄ちゃん」

声の方へ振り返ると、視界が紫色の霧に染まった。吸い込んだ、という自覚すらなく僕の意識は眠りに落ちていく。身体が自動的に倒れるさなか、声の主がちらりと見えた。

さっきの、自称『レベル5戦士』……!

暗闇に落ちる寸前、からんからん、と木の枝のようなものが倒れた音が聞こえた。それがプリネの装備していた杖だと気付く前に、僕は意識を失った。

第三話　シーフの『技能』とアサシンとの闘い

目が覚めた。

ぼんやりする。頭がクラクラする。

息を吸おうとして、口に何かを噛まされていることに気付いた。猿ぐつわだろう。

鼻から吸って、大きく吐くと、状況が少し見えてきた。

ダンジョンの中。手足を縛られて寝転がされている。

目の前には、自称『戦士』二人の背中と、肩に担がれたプリネの姿があった。

「んんんんんんんっ‼」

思いっきり声を出したが、猿ぐつわのせいで言葉にならない。

大きい方、プリネを脇に抱えた男が、僕に気がついた。遠慮なく近寄ってきて、せせら笑う。

「そこでモンスターに喰われちまいな、兄ちゃん」

小さい方がプリネを親指で示して笑う。

「コイツは俺らがちゃんと金に換えてやるからよ」

金に換える？　まさか奴隷《どれい》商人に売るつもりか⁉

「んんんんんんんんんんんんん‼」

芋虫のように這いずるが、足が何かに繋がれていて、これ以上近づけない。

「はっはっは！　さっきはよくも俺らをハメてくれたな糞ガキ！」

ガッ！　と顔を蹴《け》られて、目の前に火花が散る。

「抜け出すのに苦労したぜ！　けど、ま、こんな上玉ゲットできたのは、泣きっ面に蜂だな」

「踏んだり蹴ったりだろ？」

怪我の功名だ、バカ野郎ども！

「んんんんんんんんんんんんん‼」

「おい、早く行こうぜ。こんな深いフロア、俺たちだって危ねぇんだから」

「全くだ。なんで待ち合わせ場所が、ダンジョンの中なんだか……」

そうボヤいて、大小二人の男はプリネを抱えて行ってしまった。

闇の中に溶けて、どちらへ向かったかもわからない。足音も反響して方向が掴めない。

ヤバイ、ヤバイ、ヤバイヤバイヤバイ！

ディエゴ先生の話を思い出せ！

あいつらがどこの誰と取引するのか知らないが、『転移結晶』を使われたら最後だ。ギルドから支給された状態では『ダンジョンの入り口』に設定されていても、ちょっといじれば自分が行った場所ならどこにでも飛べるのだ、あの結晶は。

それでも魔素を辿れば追いつけるらしいけれど、魔道士でもない僕では魔素なんて読めないし、追い切れない。

プリネを引き取った奴隷《どれい》商人はきっと、『転移結晶』でどこか遠くへ逃げるだろう。そうしたらもう探しようがない。

プリネは一生、どこかの国で奴隷《どれい》として生きることになってしまう！

「んがっ！　げんがっ！」

メアリーだけでなく、プリネまで目の前で奪われて、これ以上大切なひとをなくすかもしれないなんて。

……絶対に嫌だっ！

「んが――――――――っ！」

ぷつん、ごろごろごろ、ばたん。

足に繋がっていた何かが切れて、勢いのまま転がった。

切れた⁉

そうだ、冷静になれ、僕はシーフなんだ。スキルが聞いたこともないほどショボくても、職業《ジョブ》レベル1でも、僕はシーフなんだ。あんな大雑把《おおざっぱ》な連中が施した拘束なんて……。

ぎりぎりぎりぎり。ぱさり。

両手を縛っていた縄を、袖の中に入れていたナイフで切り裂いた。両手さえ自由になればこっちのものだ。猿ぐつわを取って、両足に絡まっている縄をほどいて、立ち上がる。

プリネ！

拘束されていた空間から一歩飛び出して、

「……っ！」

そして硬直した。

視界を覆い尽くす白い霧。かすかに見えるのは神殿のような内装。第1層とは何もかもが違うダンジョンの構成、難易度、圧迫感。

目の前に広がるのは圧倒的な不安。地図もなければ道すらわからない、本能的な未知への恐怖。

ここを一歩でも出れば、自分はたちまち『ダンジョンに飲まれる』。そんな気がした。

「すー……、はー……」

息を吸って、吐く。

自分の身体から吐き出した息が、ダンジョンの霧と溶けて同化する。そうだ、と思う。同化しろ。ダンジョンと同化しろ。怖くない。恐れるな。

「すー……、はー……」

息を吸って、吐く。

僕は考える。あれだけスライムを倒したんだ。ひょっとしたら少しはレベルが上がっているかもしれない。

職業《ジョブ》レベルが上がれば技能を覚える。

そう、技能だ。今のレベルがいくつなのかは、ギルドへ行ってシートをもらわなければわからないが、技能ならばこの場でわかるし、覚えた直後から使える。

——頼む、役に立つ技能を覚えていてくれ!

頭の中でステータスをイメージする。

半神半人の女王様から授かったのは、スキルだけではない。レベルアップに伴って『新たな技能を習得できる』という、冒険者特有の能力もだ。

僕の脳内に、ステータスのイメージが湧いた。

＝＝＝＝＝
名　前：ラーナ・プラータ
人　間：Lv??
シーフ：Lv??
H　P：33
M　P：0
攻撃力：??＋3（小振りのナイフ）
防御力：??

素早さ：??

技　能：鍵開けLv?、探知Lv?、追跡Lv?、**【新】マッピングLv2。**

スキル：【呼吸】息を吸って吐くことができる。

＝＝＝＝＝

マッピング！

かっと目を見開いて、両手を胸の前にかかげる。どこからともなく僕の指の間に現れた光のペンが、僕の手を動かして空中に地図を描いていく。

完成された地図はところどころ虫食いがある。職業《ジョブ》レベルが低いとこんなものなのだろう。

そうして光の地図は消え去り、『僕の頭の中に入った』。

次は『追跡』だ！

元から覚えていた技能『追跡』を使う。職業レベルが上がれば、一度遭遇《そうぐう》した敵モンスターの位置や他の冒険者の位置を教えてくれる。だが、低レベルの今でも――。

プリネ！　見つけた！

逸れた仲間の位置ぐらいなら教えてくれる。僕はそれを脳内地図と照らし合わせて場所を特定した。

地図によれば、ここは第10層。プリネはここから300メルトルほど先の小さな空間にいる。

『探知』技能のレベルが低いため、他に誰がいるかはわからないが、恐らくあの男二人のはずだ。

待ってろよ、プリネ！

一歩足を踏み出した、その瞬間。

しゅばっ！

「うわっ⁉」

空中から何かが攻撃してきた。慌てて避けた僕は、天井に貼りついたその正体を見る。

「巨大コウモリ……キラーバッドか！」

躱《かわ》しにくい頭上から執拗《しつよう》に攻撃してくる嫌なヤツだと、先生が言っていたのを思い出す。ギルドの討伐推奨職業《ジョブ》レベルは5だったはずだ。

ずん、ずん、ずん、ずん、ずん、ずん、ずん、ずん、
ぐるる……ぐるるるる……

ごあっ……があっ……んがあぁ……

響く足音と唸り声。

モンスターどもが、集まりかけていた。

ずしんずしんと近づいてくるのはホブゴブリンの群れ、四体（A～D）。その横にはブラックウルフ、その後ろからは暴れザル。

どいつもこいつも、職業レベル10の四人パーティでやっと相手にできるほどの、凶悪モンス

ター。

今日ダンジョンに挑戦したばかりの駆け出し冒険者では、万に一つも勝てない相手だった。

それでも僕は奴らを見据える。

浅く、浅く、呼吸をする。

「………お前ら」

胸鎧《きょうがい》は剥がされ、ダガーも奪われ、手にしているのは小さなナイフ二本のみ。

それでも僕は奴らを睨みつける。

今度は、深く、深く、呼吸をする。

プリネが待っているから。

「そこをどけぇ！」

奔《はし》った。

ブラックウルフが目の前に躍り出る。シーフ特有の素早さで体勢を低くした僕は更に加速し、ヤツの開けた大きな口に、ナイフごと右腕を突っ込んだ。

ウルフが口を閉じるのと、僕のナイフがヤツの頭部を中から破壊するのは、同時だった。

がっ⁉

言葉にならない声を上げて絶命するブラックウルフ。右腕に深く噛み付いた牙は、本体とともに霧となって消えた。次っ！

飛来したキラーバッドの噛み付き攻撃を、なんとか回避しながらその足を掴む。

きぃいぃいぃ!

もがくキラーバッドを振り回し、ホブゴブリンAの振るってきた巨大な棍棒《こんぼう》をキラーバッドで受け止めた。

べきめきめきょおっ
嫌な音を立てて動かなくなる巨大コウモリ。その姿が霧に変わる前に、

――ごあぁっ!

再度ホブゴブリンAが僕に棍棒《こんぼう》を振り下ろす。

転がってギリギリで躱した僕は、ヤツの足首へナイフを立てて腱《けん》を切って転ばせると、

「――うおおおおおっ!」

転ばせたホブAを踏み台にして跳躍《ジャンプ》。後ろからドタドタとやってきた二匹の頭上を飛び越えて、馬鹿みたいに立ち尽くしていた一番後ろのホブDの脳天に、ナイフを突き立てた。即死のようだ。

しかし喜びも束の間、ナイフが折れてしまったことに気付く。あと一本。

があああああおおおおおおおおおおおおおおおおん……っ!

突然、ホブの後ろにいた暴れザルが、僕を見て吠える。タイマンなら職業《ジョブ》レベル15の戦士ですら倒しかねない殺戮《さつりく》者。

「…………」

理屈はわからない。理由は知らない。だが僕は本能に従ってヤツの『呼吸』を読む。ヤツが息を吐けば白く濁り、周囲の霧がヤツの口の中に入る。

一瞬のお見合い。暴れザルが息を吐いた、その瞬間、
どんっ！

息を吸って力を溜めた僕の突撃が、霧を貫いて暴れザルへ襲いかかる。

「――っ⁉」

生物は『息を吐いた直後』が、最もスキが大きくなる。このときの僕は必死だったからそんなこと考えてるわけもなく、ただ『何となく』だったのだが、それでも暴れザルの硬直を促《うなが》すことに成功した。

僕のナイフがヤツの首筋に吸い込まれるように入る。しかし、
パキィイイイイイイン
ヤツのぶ厚く硬い皮の前に、それはあっさりと折れた。

硬直が解けた暴れザルの反撃がくる。左腕を振り回しただけの一撃が脇腹にめり込んで、僕は派手にふっ飛ばされた。

がんっ、ごろんごろん。

目の前に火花が散っている。不思議なことにまだ生きている。咄嗟《とっさ》に後ろへ跳んだのが功を

奏した。思ったよりダメージが少ない。

ホブ二匹が僕に武器を振り下ろす。息を止めてバック転して回避。軽業《かるわざ》が得意なシーフで良かった。しかし武器がない。

そのまま後退し、すーはー、と息を整えて、僕は立ち上がった。拳を広げて低く構える。

先生には剣だけでなく体術も教わっていたが、モンスターを相手にどれだけ通じるか。

——武道家にしておけば良かったかな……！

正面に手斧持ちホブB、背後に棍棒《こんぼう》持ちホブC、奥には足の腱《けん》を切られてのたうち回っている棍棒《こんぼう》ホブAがいて、その横には暴れザルが僕を睨んでいる。絶望的な状況。

それでも、僕は、息を吸って、吐く。

僕はまだ、呼吸をすることができる。

僕はまだ、生きている。

だったら、最後まで諦めない。


……このときの僕はまだ知らない。

ここが魔素の濃い空間であることも。

ゆえに呼吸によって得られる経験値は、第1層とは比べ物にならないほど高いことも。

すでに自分の職業《ジョブ》レベルが『15』を易々と超えていることも。

知る由もなかった。

があぁっ！

敵が吠える。

不可解な現象が僕を襲う。まるでスローモーションのように動きがゆっくりと見えるのだ。

背後にいる棍棒《こんぼう》持ちが、正面のヤツと息を合わせて攻撃してくるのも良く見えた。僕は跳ぶ。

げばっ！

棍棒《こんぼう》が僕をかすめて、正面のホブの腹をぶっ叩く。僕が跳んだ先は正面のホブの右腕——手斧を持つ方だ。

——そいつを寄越せっ！

ごきり。

空中で飛びついて、そのままホブの右腕をひねり、手斧を奪った僕は、

「おらぁっ！」

棍棒《こんぼう》ホブの脳天を真っ二つにした。そのまま、よろめいている手斧ホブの首もかっさばく。

ごあぁっ⁉

があっ！

どしん、と倒れ、やがて霧になるホブたち。のたうち回っていたヤツにも、とどめを刺した。

これでホブは全滅させた。

本体が消えても、ホブの手斧は消えずに残っている。

ドロップアイテム化したか。これはいい。大きく息を吐く。

「ふぅぅぅぅ……」

身体中に力が湧き上がってくる感覚がする。強力なモンスターを倒せばたくさんの経験値が入る。

いま、このとき、僕はさっきここで寝転がっていた頃よりも、格段に強くなったという『実感』がある。

すなわち、『レベルが上がった感覚』。

これがそうか。

暴れザルは唸り声を上げているが、一向に襲いかかってこない。警戒しているのだ。ついさっきまで獲物としか見ていなかった相手が、急激に強くなったと感じて。

「行くぞ、プリネが待ってるんだ」

そうつぶやいて、僕は再び突撃した。

たった一分前と同じ攻撃、しかも『呼吸』を読むことすらしていないのに……暴れザルはまるで反応できずに頭をかち割られて、霧となった。

その勢いのまま僕は駆ける。

プリネ！

レベルアップした『探知』技能で、プリネの周囲に『三つの反応』があることを、僕は確認していた。

ＳＳＳＳＳＳＳＳＳＳＳＳＳＳＳＳＳＳＳＳ

「なっ、なんでお前がぐげっ！」

「どっどうしてここにほげっ！」

最短ルートでプリネのいる場所まで来た僕は、こちらに背を向けていた男二人の肩をたたいて振り返らせ、それぞれのみぞおちを拳と肘で突いて失神させた。

こいつらは後でギルドに引き渡すとして。

「待てよ」

プリネを抱えたまま奥に歩いて行こうとした、黒いローブ姿の男を呼び止める。

「…………」

そいつは一度だけ静止して、再び歩き出した。

その瞬間にはもう、僕は飛び出していた。手斧を右手に、低く低く這うようにして迫る。一足ごとに力がみなぎる。

この身を支配するのは、抑えきれない怒り、だ。

「プリネを返せてめぇ！」

黒ローブの背中が手斧の攻撃圏内に入る直前で、プリネが飛んできた。否、男がプリネをこちらに放ってきたのだ。

なっ⁉

慌てて抱き止めた直後、黒ローブの左手が『ゆぅらり』と歪《ゆが》んだ。反射的に手斧を前に出して回転させる。

ががががきがきんっ！

手斧に弾かれたナイフが部屋中に散らばった。

投げナイフ！

「……今のが、見えたのか」

ぼそり、と呟く黒ローブ。注意深く聞かないと、何を喋《しゃべ》っているのかわからない。

「……駆け出し、と、聞いてい」

言葉の途中で黒ローブの姿が消えた。首の後ろに冷たい感覚。生まれてから一度も感じたことのないような悪寒。振り返ったら死ぬ。振り返っていたら死ぬ。

ぎぃんっ……！

咄嗟《とっさ》に首を守った手斧に鋭い衝撃が走った。振り返りざまに反撃するが、敵は、すすすと影のように後退していく。ヤバイ。今のは死にかけた。

そして僕は自分の失策に気付く。注意深く聞き耳を立てた時点で、こいつの術中だったのだ。

「……今、のも、弾く、か」

ぼそぼそと喋《しゃべ》る。聞こえるか聞こえないかの声量で、かすれたような特徴のない声色で。

手斧を構えながら僕は確信した。

——こいつは、シーフの上級職、暗殺者《アサシン》だ……！

ただの奴隷《どれい》商人ではなかった。第10層を待ち合わせ場所に選んだ時点で只者ではないと思っていたが、自分の完全上位互換職業《シーフ ジョブ》だとは……！

「……彼我の、実力差が、わかったよう……」

黒ローブの右手がひらめく。超高速の石つぶて。右目を狙うそれを、回避できたのはたぶんまぐれだ。

「……だな、大人しく、娘を、置いていけ、ば、」

いつの間にか急接近していた黒ローブの左手が伸びてくる。手袋の先には鋼鉄の爪が付いていて、ぬらぬらと紫色の液体が塗られていた——毒か⁉

慌てて蹴りを放つが、ぼふ、とローブに当たっただけの不発に終わった。奴は再び遠くに姿を現す。

「はぁッ……はぁッ……はぁッ……はぁッ……！」

僕の呼吸が浅く早くなる。マズい。焦りが募《つの》る。このままではいつかやられてしまう。

「……お前の、命、だけは、助け」

ゆらり、と黒ローブが近づいてくる。

「足りねぇんだよ、それだけじゃ！」

僕はその言葉に重ねるように叫び返し、やけくそ気味に手斧を投げた。

「……解《げ》せ、ぬ」

影のように動いて躱しながらこちらへ近づいてくる黒ローブ。

そいつに向けて『手斧を投げたと同時に走り込んでいた』僕の右拳の突きが襲いかかる。

もらった！

絶叫と手斧に気を取られた黒ローブは、僕の動きをまるで読み違えていたのだ。

人体急所で最も有名な部位の一つ・水月《すいげつ》へ、僕の拳が面白いくらい正確に吸い込まれる。

「……なぜ、」

だが黒ローブはさらに上手《うわて》だった。ヤツの右手が、がっちりと僕の拳を掴んで阻《はば》んだ。さらに左手――毒爪が、僕の首を狙う。

「……お前は、」

しかし、その左手の平を貫くものがあった。

それは僕が走り出したと同時に拾い上げた、『投げナイフ』。

「僕の命だけじゃ足りねぇ！」

僕は黒ローブの左手に刺したナイフを、貫いたまま裏返す。ヤツの骨に当たったことの確認すらせずに、一気に全体重を下に掛けた。黒ローブの影のような身体が、あっさりと地面に叩きつけられる。

「……がっ、は？」

驚愕《きょうがく》とダメージに呼吸を止める黒ローブ。そこへ、

「プリネとメアリーの分の命もよこせっ！」

めきょおっ！

僕の渾身《こんしん》の右拳が、黒ローブの顔面に突き下ろされた。

「ごぼ……っ、がはっ……」

「はぁっ、はぁっ、はぁっ……」

黒ローブがぴくぴくと痙攣《けいれん》しているのを見て一安心したと同時に、僕も地面に座り込んでしまう。今になって痛みと疲労がやってきた。特にブラックウルフにやられた右腕がひどい。

「でも、助かった……はぁ」

息を整えて、壁に刺さっていた手斧を回収する。すると、

「……解《げ》せぬ」

黒ローブが大の字に寝たまま、声を出した。

ハッキリとした口調で。それはまるで、戦いではなく話がしたい、とでも言うように。

「駆け出しの新人に負けたことがか?」

けっ、と不快感をあらわに僕は返す。こんな雑魚《ざこ》に負けたなんて解《げ》せぬ、そう言いたいのかってんだ。

「そうではない」

しかし、暗殺者《アサシン》は否定の言葉を吐いた。

「じゃあ何がだよ」

「……貴様は娘を守るのではなく、あえて捨てて向かってきた」

手斧を投げて突っ込む際、確かにプリネはその場に寝かせた。守りながらでは二人とも死ぬと思ったからだ。

「我が職業《ジョブ》が自分の上位互換であると知り、恐れながらも、こちらの武器を使うなど機転を利かせた」

最後の投げナイフは、まだ黒ローブの左手に突き刺さっている。

「しかし、最も不可思議なことは……なぜ急激に強くなった……?」

「……どういうことだ」

「我がナイフをマグレで防いだ最初と、我が毒爪を打ち破った最後では、明らかに動きの質が違っていた。まるで、あの刹那《せつな》の間に……」

そこから先を、黒ローブは話さなかった。

僕は答える。

「最初、お前の言葉に惑わされた。だから僕はお前の言葉じゃなくて、呼吸を読んだ。簡単な体術なら冒険者になるまえに習ってる。後は……諦めない心だ！」

「フ……」

笑われた。鼻で笑われた。こいつ、負けたくせに。

「貴様、名は？」

「……ラーナだ。ラーナ・プラータ」

「覚えておこう、ラーナ・プラータ」

「は？」

「我が名は黒霧《クロキリ》。いずれこの借りは返す」

そこでようやく僕は気がつく。黒いローブの下の右手が、何かを握っている。

シーフとしての直感が罠を警戒。僕は急いでプリネを抱えて、地面に伏せた。しかし、しゅばん、という音と、わずかなつむじ風を起こして、黒ローブの姿が消えただけだった。

「転移結晶……。ああいう感じなのか」

逃してしまった。くそ。

まぁ仕方ない。プリネが連れ去られなかっただけでも、良しとするか。

「長居は禁物だな……あ痛《い》てて」

身体を起こした僕は、寝転がっている男二人から、盗られたアイテムとお金を回収した。ついでに武器も取り上げておく。

ポーションを傷口にぶっかけると、少し痛みが和らいだ。

その後、自分の分の転移結晶を取り出して、いまだ眠ったままのプリネを抱える。

「…………………………」

気絶したままの男二人を見て、しばらく考えた。

僕はため息をついて、大きい方を起こした。ローキックで。

「あのー！」

「……痛ぇ‼　んぁ、なんだぁ、って、うわぁ、おまえ、いやあなた様！」

「ここで寝てるとモンスターに喰われて死ぬのでは？」

「だ、誰が気絶させたと……」

「あ？」

「い、いえ、お、起こしてくれたんですかい……？」

「……後でギルドに連れて行きますから」

「…………へい」

「逃げたら地の果てまで追いかけるからなてめぇ」

「へい！」

観念したのだろう。男はがっくりと項垂《うなだ》れると、持っていた転移結晶を使い、しゅぱん、と風の中に消えた。

寝ているもう片方の男も一緒に消えたから、同じパーティなら相乗りできることも再確認できた。これで心配なく使える。

背負ったプリネに声をかけた。

「帰るぞ、プリネ」

「んにゃあ……ラーくん……だいしゅきぃ……」

子供の頃から何度も聞かされた、挨拶みたいなその言葉に笑いながら、僕は転移結晶を使った。

ぼやける視界。どこからか聞こえる奇妙な反響音。

一瞬間をおいて瞬きすると、目の前にはダンジョンの入り口があった。

振り返ればそこは見慣れた町並みで、活気あふれる喧騒《けんそう》が聞こえてくる。戻ってきたのだ。

「はぁ～～～～～～～～～」

思わず長いため息をつく。

やっと戻ってこられた。

とても長い、一日目だった。

本当に。

SSSSSSSSSSSSSSSSSSSSSSSS

「ラーナくん、どうしたのその傷っ⁉　あっ、娼館《しょうかん》から逃げたお尋ね者二人‼　なんで⁉　どうして⁉」

ギルドに戻り、驚くアンナさんに事情を告げ、男二人をお縄にしてもらう。僕たちは奥の部屋に通された。

「第10層に連れていかれた⁉　そこでキラーバッドとブラックウルフとホブゴブリン四匹と暴れザルに襲われて……一人で倒したの⁉　しかもそれから……暗殺者《アサシン》と戦って追い払ったぁ⁉」

傷の手当てをギルドお抱えの僧侶さんにしてもらいながら、僕は頷く。僧侶さんはヒールをかけてくれた。すごい。すぐに全快だ。

「ラーナくん。本当のことを」

「ぜんぶ本当です」

「…………」

「これ、ホブの手斧です」

「…………ステータスに討伐モンスターの数が記載されるのは知ってる？」

「初耳です」

「今ならお姉さん、許すけれど」

「本当ですってば。あとついでに、僕のステータスシートを頂けますか」

「わかったわ、待ってて」

待つことしばし。

途中、「何かの間違いだからもう一回やって」「これで三回目ですよ」「いいから」という声が聞こえたのは、聞かなかったことにした。

アンナさんが再び部屋に戻ってきた。いきなり腰を九十度に折って頭を下げる。

「まず謝らせてもらうわね、ごめんなさい」

「い、いえ……」

「許してくれる？」

「もちろんですよ」

顔を上げるアンナさん。まだ神妙な面持《おもも》ちだ。

「では改めて」

「改めて？」

「はちゃめちゃすごい‼」

アンナさんは、ぱんぱかぱーん！　と万歳した。僕の手を取ってぶんぶん振る。

「すごいよラーナくん！　すごいすごい、すごすぎるっ！　こんな天才めったにいないわ！

あの『勇者』だってここまで強くはなかったものー！」

と、自分のことみたいに喜んでくれた。

――『勇者』……？

「あ、ありがとうございます……？」

「ラーナくんはすごくすごいので、これからギルドのすごいひとに会わせてあげます！」

「よくわからなくなってきました」

「ちょっと待っててね！」

再び部屋を飛び出していくアンナさん。

いったいどうしたんだろう？

しばらくして、プリネが目を覚ました。

僕から状況を聞いて、泣き出してしまう。ごめんなさい、と謝り続けている。

「いいんだって、気にしなくて」

「だって、だって、私のせいでラーくんが！」

「あいつらに気付かなかった僕のせいだし、あっさり眠らされたのも僕が悪い」

「ラーくんは悪くないよっ！」

「そうだ。悪いのはあいつら。そんで、あいつらは僕がもうぶっ飛ばしたから平気だよ」

微笑んで、頭を撫でる。

納得はしてないみたいだけど、うん、とプリネは答えてくれた。

こいつが泣いていると僕は非常に居心地が悪い。毎回どうにかなだめているが、いつか、どうやっても泣き止んでくれない日が来るんじゃないかと不安になる。

めそめそ泣いているプリネを撫でながら、僕は部屋の外へ意識を向けた。

シーフのレベルが上がったせいか、耳が良くなった。聞き耳を立ててみる。

「鑑定士にやり直しはさせたんじゃな？」

「ええ、三回も」

「左様か」

「やはりあのスキル……」

「軽率じゃぞ。口には出すな」

「申し訳ありません」

「このことは他言無用。良からぬ輩《やから》を刺激するのでな。駆け出し冒険者には荷が勝つわい」

「承知しました。本人には？」

「ワシから伝えよう」

という声の後、部屋の扉が開いた。

そこにいたのはアンナさんと、優しそうな小さな老人。あごの髭《ひげ》が長い。

「やぁ、君がラーナくんかな？」

老人がにっこり微笑んで、口を開いた。

「そうです」

「お初にお目にかかる、ワシはダンジョンギルドの長を務めておる――」

老人は、まるで自分の名前を忘れたかのように長い髭《ひげ》をいじったあと、

「ま、ギルド長とでも呼んでおくれ」

と、にっこり微笑んだ。

第四話　息をするだけで経験値が貯まるスキル

その日、ギルドはにわかに騒がしくなった。

伝説の冒険者と呼ばれるギルド長が、久しぶりに姿を現したからである。

それまで誰もクリアできなかった魔の22階層を突破し、冒険者で初めて職業《ジョブ》レベル20を超え、上級職の存在を明らかにした。さらには、引退後は後進の育成に努め、現在のギルドを形作った偉大なる先駆者。

アレクサンダー・グスタフソン。

職歴は、戦士↓剣闘士《ソード・ファイター》だ。

そして今は――

「ギルド長、というわけじゃ。よろしくのぅ」

「「よろしくお願いします！」」

いきなり伝説のひとが目の前に現れて、直立から綺麗な礼へ移行する僕とプリネ。

それも仕方ないことだと思ってほしい。だって僕は、ずっとこのひとの冒険譚《たん》を聞いて育ってきたんだから。

剣闘士《ソード・ファイター》アレクサンダーに憧れて冒険者になろうと思ったのは、僕だけじゃないはずだ。

「お会いできて光栄です！」

「ほっほっほ。サインいるかの？」

「ここにください！」

ステータスシートに書いてもらった。

「見てくれプリネ！　僕はこれを家宝にしようと思う！」

「良かったね、ラーくん」

「うん！」

僕が喜んでシートを見せると、プリネが慈しみに溢れた瞳で僕を見た。まるで、おもちゃを貰って喜ぶ小さい子供を眺めるような目だった。僕はちょっと恥ずかしくなった。

ギルド長が口を開く。

「まずはお疲れ様、そしてダンジョンデビューおめでとう、ラーナくんにプリネくん」

「ありがとうございます」

「君たちが捕まえてくれた男二人は、この国の法のもとに裁きを下されるじゃろう」

「はい」

「奴隷《どれい》商人……例の暗殺者《アサシン》については調査を始める。まさかダンジョン内を取引場所にするとはの。ダンジョンギルドとして見過ごすわけにはいかん。『黒霧《クロキリ》』という男はこちらでも把握《はあく》した。ステータスシートも残っておった。見つけ次第、拘束することになろう」

驚いた。黒霧《クロキリ》って本名だったのか。

「大変な目にあったのう、ラーナくん、プリネくん」

「いえ、僕は……攫《さら》われたのはプリネでしたから」

「わ、私は寝てただけです！　大変だったのはラーくんです……」

「だから、僕の不注意のせいだろ、それは」

「でも寝てたのは本当だもん。ラーくん悪くないもん」

「あんな状況に陥った時点で僕の……うん、まぁいいや」

今こんな話をしても仕方ない。

ギルド長は僕たち二人を見て、そうか、と深く頷いた。どこか微笑んでいるようにも見える。

「さて、ラーナくん。ここからが本題じゃ」

と、僕のステータスシートを示すギルド長。

「サインはもういただきました」

「我ながら上手く書けた方じゃ。いやそうではない」

「？」

「ご覧なさい。自分のステータスを」

僕とプリネはステータスシートを覗き込んだ。

そこにはこうある。

＝＝＝＝＝

名　前：ラーナ・プラータ

人　間：Ｌｖ65

シーフ：Ｌｖ20

ＨＰ：２３６

ＭＰ：０

攻撃力：１０２

防御力：78

素早さ：１５６

技　能：鍵開けＬｖ20、探知Ｌｖ20、追跡Ｌｖ20、**【新】マッピングＬｖ10**、**【新】隠密Ｌｖ３**、**【新】宝探しＬｖ３**。

スキル：【呼吸】息を吸って吐くことができる。

＝＝＝＝＝

「レべっ⁉」

「にじゅっ⁉」

「えいちぴっ⁉」

「にひゃっ⁉」

鳩が豆鉄砲を食ったような顔で、僕は尋ねる。

「なななにかの間違いでは⁉」

「間違いではない」

「もう一回出し直した方が⁉」

「すでに三回やり直したそうじゃ。このやりとりもな」

落ち着きなさい、とギルド長。

「このステータスに間違いはない。君はたった一日で、職業《ジョブ》レベル20にまでなったのじゃ。常人ならば一生かかるような……いや、一生かけても不可能なほど高いレベルに」

「そんな……どうして……」

呆然とつぶやきながら考え、ふと一つの原因に思い当たる。

まさか。

「もうわかっているはずじゃの？　君のレベルが一気に引き上げられた原因が」

口を開いたが、言葉が出なかった。

もう一度、息を吸って、僕は言う。

「……【呼吸】」

「おそらくは、な」

あの役立たずだと思ってたスキルが。

「当たり前のことすぎて、みな忘れているようじゃがの。スキルは使えば使うほど、経験値が貯まるものよ。プリネくんの【魔女の恩恵】ならば、魔法を使えば使うほど経験値が貯まる。ならばラーナくん。お主のスキル【呼吸】はどうかの？」

息を……。

思わず、つばを飲み込んだ。ごくりと喉が鳴る。

「『息をするだけで経験値が貯まる』……」

「そのようじゃの。そして、『それだけとは限らん』。わしらの神様は少々意地悪……お茶目での。ステータスシートに記されていることが、全てではない。【呼吸】にまつわる何らかの行動をした場合も、経験値が入るのやも知れぬ」

「【呼吸】にまつわる……？」

「息の吸い方や吐き方を変えたり、呼吸法を使ったり、まぁなんでもじゃよ」

呼吸法と聞いたプリネが横で、ヒッヒッフーってやりだした。

それはちょっと違う気がするぞ。

「ひとまず今わかっていることは、【呼吸】でレベルアップするスキル、ということじゃな」

ギルド長が、非常に簡単な言葉で締めた。

「すっっご――――――――――――いっ！」

我慢できないとばかりに、プリネが叫んだ。

僕の腕やら肩やらをがくんがくん揺らしながら（ついでに自分の胸も揺らしながら）、

「すごいすごいすごいすごいよラーくんっ！　やっぱりラーくんはすごかったんだよぉ！　だってラーくんだもん！　ずっとずっとずーっと冒険者になりたかったラーくんだもん！」

自分のことのように、涙まで流しながら喜んでくれる。

「良かったねラーくん、ほんとにほんとに良かったね。ずっと夢だったもんね。これでメアリーちゃんもきっと良くなるね」

「プリネ……。ありがとう」

「私も頑張るから！　ラーくんの足手まといにならないように、頑張る！　もうなってるけど、頑張る！」

「ああ。一緒に頑張ろうぜ！」

「うん！」

えへへー、と笑うプリネ。思わず僕も笑ってしまう。

「可愛いわねぇ二人とも♪」

「初々しいのぅ」

アンナさんとギルド長が何やらほっこりしていた。

さて、とアンナさんが僕に注意を促《うなが》す。

「ギルドでは当然、ラーナくんのスキルを公開するような真似はしません。ラーナくんも気をつけてね。レアスキルは、ただでさえ嫉妬《しっと》と羨望《せんぼう》の的だから。バレたら大変よ♪」

「はい、気をつけます」

「じゃあ今日はこれでおしまい。初日からご苦労様。宿は決まってる？」

「いえ、まだです」

と首を振ったところで、お腹がぐーっと鳴った。

「……すいません」

「あらあらいいのよ。ご飯と宿ね、ウチで手配しておくから。お金の心配はいらないわ♪」

「え、でも……いいんですか？」

「もちろん。お尋ね者二人と奴隷《どれい》売買の情報を持って来てくれたお礼よ♪」

プリネと顔を見合わせて、それから二人でアンナさんに頭を下げた。

「「よろしくお願いします」」

ssssssssssssssssss

その夜。

僕とプリネは、ギルド長とアンナさんに夕飯をご馳走してもらった。

ギルド長の口から直々に聞く冒険譚《たん》は、本当に迫力がある、血肉の通った体験談だった。巷《ちまた》で流れている冒険譚《たん》の『本当のところ』も教えてもらったりして、実に有意義な時間だったと思う。

プリネは、アンナさんから何やら色々と聞いていた。距離が近すぎる気がするだの、引いてダメなら押してみろだの、むしろその武器を押し当てるのよもっとこうぎゅっと寄せてきゃーアンナさんどこ触ってるんですかやめてぇだの、なんとかやってた。かしましい。

用意してもらった部屋は、僕の実家の部屋より広かった。

疲れ果てた僕がちゃっちゃとお風呂を済ませて、ベッドの上でスライムのようにぐでっとしていると、とんとん、と扉をノックする音が聞こえた。その前に足音で誰かはわかっていたのだけど。

ベッドに沈みながら僕は声を出す。

「いいよー」

扉が開いて、プリネがおずおずと顔を出した。枕を持ってもじもじしている。

「ら、ラーくん。あの……」

「どした?」

「その、あの、一緒に寝ても、いい……?」

子供かよ、と言いかけて、こいつは今日攫われたんだったと思い出す。

怖いんだろうな。そりゃそうだよ。

僕は微笑んだ。

「ああ、いいよ」

「っ！　ありがとう！　ラーくん大好き！」

「どういたしまして」

消灯。ひとつのベッドにふたりで入った僕たちは、お互いにもぞもぞ動いてベストポジションを探す。

ようやく決まったとき、目の前にはお互いの顔があった。

「ぷふっ……」

「ふふっ……」

思わず吹き出してしまう僕たち。

「なんかこれじゃあ、実家にいたころと大して変わんねーな」

「本当だね、おかしい」

幼馴染のプリネは、ちょくちょくウチに泊まりに来たものである。

ごくごくまれに客室を一つ使って、僕とメアリーとプリネの三人で、キングサイズのベッドで寝ることもあった。

「楽しかったなぁ。ラーくん、最後まで起きてるって言いながら、一番最初に寝ちゃったんだよね」

プリネが思い出し笑いをする。

「あんときは、昼間に先生から稽古《けいこ》つけてもらってたからな。もう限界だったんだよ」

「メアリーちゃんが、大商人のお客さんから、すっごい宝石もらっちゃったりね」

「大変だったなーあれは。父さんが『メアリーが結婚を申し込まれた』って勘違いしちゃって」

「結局お借りしただけなんだっけ？」

「お借りしたっていうか、『絵になるから持ってみてくれ』って言われただけ。それをメアリーが勘違いして、喜び爆発させて宿中を走り回った」

「走ってた走ってた」

「メアリーを説得して返したけどな。あれが一番大変だった」

「そのお客様は？」

「笑ってたよ。いまじゃ大事な常連さんだ。メアリーは本当、お客さんを惹きつける、天賦《てんぷ》の才があるんだよ。周りは苦労するんだけど」

「いつも花が咲いたみたいな笑顔だったよね……」

「ああ……」

「絶対に助けようね、ラーくん！」

「そうだな」

僕たち二人は頷き合う。するとプリネがじっと僕を見て、顔を赤くした。

かと思えば体を起こして、ベッドの上で女の子座りをした。思いつめたような視線を僕に向ける。


「ラーくん、あのね……」

「プリネ？」

僕も起き上がり、プリネと向き合った。こいつは小さいから、座っていてもやや見下ろす格好になる。

相変わらず、思いつめたような表情のプリネが、上目遣いに僕を見ていた。なんだろう。

「あの、あのね……」

「どうした？」

「……ん……」

目を瞑《つむ》って顎《あご》を上げるプリネ。お祈りをしているような体勢だ。

「プリネ……？」

「ん……」

そこで僕はようやくピンときた。

これはアレだ。アレに違いない。

そう——祈祷《きとう》だ。

魔道士だからな、プリネは。

やれやれ。僕は体を横たえた。

「熱心なのは良いけど、早く寝ろよ？」

「……ふぇえっ？」

体の向きを変えてそう言うと、背中からプリネのびっくりしたような声がした。

直後、背骨に何かが当たる。たぶんプリネの額だ。

「……ラーくんのばか」

とか何とか言っていたが、僕は聞いていないふり。

まったく。

いくら最近可愛くなってきて、体の成長もすごくって、なにやらキスでも求められてそうな雰囲気だったけど、勘違いしちゃいけない。

僕はこいつの『お兄ちゃん』をやってやらないといけないのだ。

――って、わかっちゃいるんだけど……。

「……………はぁ」

こっそりとため息をつく。

顔が熱くなって、胸がどきどきして、しばらく眠れなかった。

SSSSSSSSSSSSSSSSSSSS

職業《ジョブ》レベルが20になると、他の職業に転職できる。

もちろん転職しないでそのままでもいい。この職業レベルまで来ると全く新しい技能は覚えにくいが、熟練度レベルがある技能などは、より効果が上がる。

シーフの場合は『鍵開けLv』などだ。これはLv3以上で罠解除もできるようになるのだが、ごく稀《まれ》にいるレベル30シーフなどは、どんな罠も瞬時に解いてしまうらしい。職人の技に終わりはないのである。

かといって、僕は職人になるつもりもないので、ダンジョン攻略に最適な技能を片っ端から揃えていくつもりである。

せっかくひとの何倍も経験値が入るのだ。それが攻略に必要ならば、全ての職業を経験しても構わない。

メアリーを目覚めさせるために。

最短ルートは、『急がば回れ』だ──とディエゴ先生も言っていた。

翌日。

ダンジョン挑戦、二日目。

ダンジョンギルドでアンナさんを見つけて声をかける。

昨日、あらかじめ話しておいた件だ。

奥の部屋に通されて、アンナさんが再び例のシートを出してくれた。

「じゃ、新しい職業《ジョブ》を決めようか♪」

そう、ラーナ・プラータ。ダンジョン挑戦二日目にして、まさかの転職である。

「よろしくお願いします」

「ラーナくん、最初はシーフで、攻略に必須の技能はあらかた覚えたのよね♪　次は魔法とか覚えてみる？」

プリネと並んで座る僕は首を振った。

「魔法はひとまずプリネに任せます。こいつの【魔女の恩恵】の方が、魔法を覚えるのに適してますから」

「じゃあ……道化師がいいかしら？　カッコいいタキシードが装備できるし、手品とかできて女の子にモテ」

「戦士か武道家ですね」

「あらあら、お姉さんスルーされちゃったわ♪」

気を取り直して。

「先生からは剣と体術を習いましたから、どちらからでもいいのですが」

「じゃあ戦士から行ってみましょ♪　パーティの要だし」

「それなんですけど、あの、上級職ってどうやってなるんですか？」

「あらあら♪　気になっちゃうお年頃？」

「僕はいわば『職業《ジョブ》特有の技能を習得するため』に転職するわけですよね。職業レベル20になってある程度の技能を収めたら別の職業に転職する。そのとき、最終的にはどの職業を目指すのがいいのかなって思いまして」

「目標地点《ゴール》を決めるってわけね。うーんいいわぁ、ラーナくんってばとってもお利口さん♪」

「はぁ……」

「昨日も話したけれど、上級職になるためには『試験』があるの。とは言っても、ギルドで行うわけじゃなく、また一般的な『試験』とも違う」

アンナさんの目がすっと細められた。

「ダンジョンによる『試験』。それは『試練』と言い換えてもいいわね」

「試練……？」

「ギルド長が22階層を突破した話は知っているでしょ？」

「ええ」

「あのひとは、21階層でその試練をクリアしたの」

「21階層……ダンジョンで？」

「ええ。ダンジョンは冒険者を見ている。神がひとを見ているように。ある一定の実力を備えた冒険者には『試練』を課すことがある」

怯《おび》えるようにプリネがつぶやく。

「ダンジョンからの試練……」

僕は聞いた。

「それはどういったものなんですか？」

「ギルド長の場合は『巻物』だったらしいわ。隅から隅までまわったはずの21階層に、ある日とつぜん新しい宝箱を発見したの。中には見たこともない『巻物』が入っていた」

「そこに試練の内容が？」

「ええ。ギルド長は見事その試練を乗り越えて、『剣闘士《ソード・ファイター》』となった……みたいね♪」

試練、か……。

「上級職自体がそういったものだから、ギルドとしても『現在発見されている上級職』しか紹介できないの。それにひとによって『試練』が出るかもわからないし」

「わかりました」

「それでもいいなら、ちょっと待っててね。ギルドに登録してある上級職さんのリストを用意してくるわ」

「ありがとうございます」

アンナさんが部屋から出ると、プリネが「はわぁ」と声を出した。

「お話が雲の上すぎて、理解が追いつかないよぉ」

「なに言ってんだ。お前だってそのうち魔道士系の上級職になるんだろ」

「ふぇっ⁉　そうなの⁉」

「そうなのってお前……。なるに決まってんだろ。そんないいスキル持ってるんだから」

「はわぁ、考えたこともなかったよぉ……」

「頼むぜ。僕はどうも戦士寄りの器用貧乏になりそうだ」

「職業《ジョブ》レベル20って達人クラスだから、器用貧乏って言わないと思うんだけど」

「だから、魔法に関してはお前に任せる」

「私にできるかなぁ……」

「できるさ」

「できる？」

「できるよ。プリネは勉強得意だし、熱中したものにはすごい集中力じゃんか」

「ラーくん……。私のこと見ててくれたんだ」

「当たり前だろ。幼馴染だぞ」

「そっか。えへへ、そっか。うん。わかった。私がんばる」

「おう。頼りにしてる。魔法のエキスパートさん」

「えへへへ、まだ職業《ジョブ》レベル2だよぉ」

「そこはちゃっちゃと上げていこうな」

「はーい！」

と、プリネが手を上げたのと同時に扉が開いた。アンナさんが戻ってきた。

「元気がいいわねぇ♪」

「……ご、ごめんなさい」

顔を真っ赤にして恥ずかしがるプリネ。

アンナさんが席に座りながら、満面の笑みを向ける。

「幼馴染っていいわね。私もこんな幼馴染が欲しかったわぁ♪」

「…………（照れ照れ）」

照れすぎて消え入りそうなくらい小さくなるプリネを見ていられず、僕は口をはさんだ。

「あんまりいじめてやらんでください」

「あらあらごめんなさい♪」

アンナさんはからかうように笑いながら、僕に向けて紙の束を差し出した。

「お待たせ、全部じゃないけれど、上級職のリストよ。口外しないでね？」

「はい！」

「ありがとうございます！」

【非公開】上級職リスト【一部】


『戦士』→『剣闘士《ソード・ファイター》』、『狂戦士《バーサーカー》』、『聖霊近衛騎士《ロイヤル・ナイト》』、『聖騎士《パラディン》』、『魔法戦士《ソーサリィ・ファイター》』

『武道家』→『修行僧《モンク》』、『極炎竜闘士《ドラグ・バーニング》』、『気闘士《オーラ・バトラー》』

『魔道士』→『大魔導師《ソーサラー・キング》』、『双輪魔法師《ダブル・キャスター》』、

『僧侶』→『大司祭《ハイ・プリースト》』、『双輪魔法師《ダブル・キャスター》』

『シーフ』→『暗殺者《アサシン》』、『御庭番衆《オンミツ》』

『道化師』→『魔器楽家《ハーメルン》』

『踊り子』→『舞踏剣闘士《ブレイド・ダンサー》』


名前から想像がつくものもあれば、そうじゃないのもある。

「なんだこの、『どらぐ・ばーにんぐ』って……」

「ああ、それね」

僕の呟きに、くすっと笑ってアンナさんが補足してくれる。

「『試練』を越えたら、武道家なのに炎系の魔法が使えるようになったんだって。それで色々試してみたら、攻撃に炎をプラスすると威力が倍加するってわかったの。もちろん、そのひと

だけね」

「そんな無茶な……」

「もうドラゴンみたいにばんばん炎を吐くんですって、手から。だから『極炎竜闘士《ドラグ・バーニング》』。ステータスシートにそう記されていたから命名したのは天神様だけどね♪」

『魔法戦士《ソーサリィ・ファイター》』は、戦士から魔道士に転職するわけじゃないんですか？」

「そうね、ちょっと違うわ。このひとは、戦士のまま、魔道士の魔法も使えるようになったの。剣は強く、守りは固いままに」

プリネが挙手。

「どう違うんですか？」

「職業《ジョブ》にはそれぞれ得意な装備があるの。ステータスの加護ね。戦士は鎧《よろい》を着ても重く感じにくくなり、魔道士は杖を持つだけで集中力と魔法の威力が上がる。けれど、魔道士が鎧《よろい》を着れば重くて動けないし、戦士に杖を持たせても魔法の威力は上がらない。たとえ技能として魔法を覚えていてもね」

「なるほど。戦士のステータスのまま、魔道士の技能も覚えていく……」

「そういうこと♪」

さらにプリネが、

「この『双輪魔法師《ダブル・キャスター》』は、魔道士と僧侶のどちらからでもなれるんですか？」

「ええ、そうよ。魔道士と僧侶、両方の魔法が使えるようになる職業《ジョブ》なの」

「はわぁ。すっごいなぁ」

「目指してみるか？」

「ふぇっ⁉」

「でもお前はどっちかっていうと『大魔導師《ソーサラー・キング》』の方だよな。アンナさん、これって魔道士の完全上位職業ですよね？」

「その通り♪　魔道士では使えなかった強力な魔法を使えるようになるわ。まさにエキスパートね」

「ほら」

プリネを見る。

「はわわ……えきすぱーと……」

目をぐるぐる回しているプリネ。ちょっと気が早かったかな。

「プリネちゃんがもう少し積極的というか開放的なら、こっちの『舞踏剣闘士《ブレイド・ダンサー》』もおすすめしたんだけど……。ちょっと難しそうね♪」

「どういう職業なんですか？」

「裸みたいなえっちな衣装を着て、えっちなダンスを踊って、舞うように攻撃したり、精霊を呼んだり、『歌詠唱』っていう歌の魔法で戦ったりするの♪」

「む、む、無理ですうぅぅぅ！」

「ふふ、冗談よ、冗談♪」

アンナさんが笑う。プリネはすっかりおもちゃにされてしまった。

「さて、上級職はこんなところね」

「ありがとうございました」

「それでラーナくん。目標は定まったかしら？」

「そうですね……」

と少し思案する。

「やはり最終的には戦士系の上級職を目指すのがいいんじゃないかと思います。魔法はプリネがいますし」

「私もそれをおすすめするわ。やっぱりラーナくんってば賢いわねぇ♪」

「はぁ……」

「じゃあ、最初に基本職を全てマスターするっていうプランに、変更はないわね。上級職への『試練』はいつ起こるかわからないから、今は考えても仕方ないしね♪」

ちょうどいいタイミングで来ればいいのだが、それこそ『神のみぞ知る』ってやつだろうな。

「じゃあラーナくん。どの職業《ジョブ》に転職する？」

「はい。次は……この職業に転職します」

と、僕はアンナさんの持ったシートに書いてある、その『職業《ジョブ》』を示したのであった。
すなわち――『戦士』を。

ＳＳＳＳＳＳＳＳＳＳＳＳＳＳＳＳＳＳＳ

ダンジョンギルド。

戦士に転職した僕は、再び、奥の個室で、アンナさんからもらったステータスシートを確認していた。

ギルドから支給された戦士の初期装備を身に着けている。転職のたびにもらえるらしい。

戦士用の胸鎧《きょうがい》に腰当て、ガントレットとロングソードだ。いかにも駆け出し冒険者っぽくて、ワクワクする！

隣からひょいっと覗き込むプリネの巨乳が腕の上に乗っかっているのは意識しない。魔道士のローブっていうのは、見た目より布地が薄いのかもしれないな……。

＝＝＝＝＝

名　前：ラーナ・プラータ
人　間：Ｌｖ65
戦　士：Ｌｖ１

ＨＰ：１１８
ＭＰ：０
攻撃力：65＋12（ロングソード）
防御力：65＋12（初期・鎧《よろい》一式）
素早さ：78
技　能：鍵開けＬｖ20、探知Ｌｖ20、追跡Ｌｖ20、マッピングＬｖ10、隠密Ｌｖ3、宝探しＬｖ3、**【新】剣術Ｌｖ1**。
スキル：【呼吸】息を吸って吐くことができる。
＝＝＝＝＝

「職業《ジョブ》レベル１にしてはステータス値がやけに高いですね……」

「転職前の半分の値になるの♪」

「あ、なるほど」

「攻撃力と防御力が65なのは、ラーナくんの素《プレーン》のレベルが65だからね♪」

「関係あるんですか？」

「大いにあるわ♪　素《プレーン》のレベルはステータスの最低値として設定されるの。転職をしても実力の底上げがされるわけね♪」

「プレーンレベルだけすごく高いのは、どうしてですか？」

「いい質問ね♪　プレーンレベルは職業《ジョブ》レベルの半分の経験値で上がるの。シーフレベルが20なら、プレーンレベルは40上がったことになるわ♪」

僕は職業を得る前プレーンレベルが25だった。それに40プラスされたわけか。

プリネが、

「え、それじゃあラーくんは、とんでもないことになりませんか？」

「そうなの♪　普通、職業レベルって20あたりで止まるから、そこから転職してもプレーンレベルも40や50で頭打ちになるの。でもラーナくんは……」

「ずっと上がり続けるってことですよね？　すごいすごい、ラーくんすっごいよ！」

ぴょんぴょん跳ねるプリネ。ぶるんぶるん揺れる胸。痛くないのかそれは。

プリネの胸はともかく、こうして僕の転職は無事に完了した。


十数分後。

ダンジョンの入り口に立って、プリネと頷き合う。

「二日目だ、頑張ろうプリネ！」

「おー！」

手を上げて応えるプリネとハイタッチして、僕たちは再びダンジョンへと挑戦する。

しかし――

「聞いたかい？　二日目だってさ」

「戦士と魔道士か。こりゃいいカモだな」

陰で何やらほくそ笑む二人組には、気付かなかった。

ＳＳＳＳＳＳＳＳＳＳＳＳＳＳＳ

スクク城。

女王の執務室。

「む――――ん」

立派な机に向かって一心不乱に書類仕事をしている、ウルスクク女王様がいらっしゃる。

難しい案件にぶつかるたび、

「む――――ん」

と呻《うめ》く。それに呼応するように、頭の上のうさ耳が両方ぺたんと垂れていく。

やがて妥協案でも生まれたのか、難しい顔をしたまま書類にサインをしだした。

耳は片方が折れたままだ。あちらを立てれば、こちらが立たず。まさしく妥協案の象徴、と、

側近の女性はいつも思っている。

女王が側近に尋ねる。

「次の案件は？」

側近は書類を渡しながら、説明した。

「冒険者くずれに迷惑していると、国民から声が出ています」

「またですか。というか、それは領主レベルの案件なのでは？」

「複数の領主から上がってきた案件です。どうやら地方レベルで個別に対処したのでは、追いつかないようで。抜本的な対策が必要と思われます」

「……迷惑とは、どのような？」

「街中での喧嘩《けんか》、飲食店での食い逃げ、娼館《しょうかん》での未払い逃亡。ひどいものでは強盗・強姦《ごうかん》・殺人」

「犯罪者は厳しく罰します」

「はい。ですが、問題はそこではなく、」

「冒険者を辞めたものが犯罪に走るということ、ですね」

「左様です」

「仕事がないのですか？」

「まったく足りていません」

「む――――ん」

ウルスクク女王は、口をへの字にした。

「冒険者くずれ」とはつまり「なりそこない」という意味でもある。

その大半は、職業《ジョブ》レベル5で止まった冒険者たちだ。なるだけなら誰でもなれる冒険者の最初の壁で、夢と希望と淡い期待を抱いた若者の半分くらいは、ここで成長が止まる。ゆえに大量の冒険者くずれがこの国には存在する。実に人口の5％程度だ。

もはや彼らにはダンジョンを潜る気概はない。モンスターを狩ればステータスに記録され、ギルドから報酬がもらえるが、スライムや大ナメクジをいくら倒したところで、入る金額は微々たるもの。

かといって多くの報酬が期待できる深層には、危険も多い。ギルドの支給マップがなくなる第6層あたりから、ダンジョンの難易度が上がる。一度は挑戦したものの、大怪我をして生死をさまよい、そのまま引退する冒険者も多い。

彼らはどうなるか。ダンジョンは辞めた。一般人よりは強いが、用心棒や護衛の仕事をもらえるほど強くはない。

戦士や武道家は肉体労働の現場で重宝される。魔道士は研究機関に入る者もいる。僧侶は教会・寺院へ、道化師や踊り子は劇場へ。

しかしそれも限界だ。

仕事にあぶれたものは、無法者になる。

ウルスクク様のうさ耳が、両方ともぺたんと折れた。

「む――――――――――ん」

月にお住まいだという姉上様を想っていらっしゃるのかしら、と側近は思う。

すると、

ぱたぱた、

と両方の耳が立った。名案が浮かんだらしい。

「コロシアムを作りましょう」

「は？」

「コロシアムです。闘技場です。そこで『職業《ジョブ》レベル別』の試合を行うのです。観客の前で」

しばし考えていた側近が、

「……なるほど」

「職業レベル5もあれば、無色《ブレーン》の人間ではできないような超人的な試合ができるはずです。血の気が多く、名声に憧れるのが冒険者。戦士や武道家は言うに及ばず、シーフや魔道士だって参加していいのです。僧侶には怪我人を治癒させましょう。インターバルには、道化師と踊り子のショーを見せます。コロシアム建設のために雇用も生まれます。賞金や運営資金は、観客の入場料と賭け金を充てます。貴族や大商人から、スポンサーを集めてください。強い戦士には人気が出ます。宣伝効果になるはずです。今のうちに彼ら戦士との契約を考えておくように、と」

「興業にする、というわけですね」

「そうです。どうでしょう？」

「妙案かと思います、女王様。そのように進めます」

「よろしく。次の案件は？」

うさ耳女王様の政務は、今日も滞りなく進んでいく。

側近が書類を渡した。

「ギルドからこんな情報が上がってきています。なんでも――『初心者狩り』について」

不穏な単語であった。

第五話　初心者狩り

ダンジョン第1層。

怪しい影が二つ、息をひそめて何かをじっと観察している。その視線の先には……。

「小火灯《ファイアーライト》！」

ぼふっ！

少女魔道士の気合の入った呪文と、やけに火力のある火の玉が、スライムを壁のシミにした。

「やったやったー！　今日もできたよ、ラーくん！」

「おう！　お見事だぜ！　さすがプリネ！」

ぴょんぴょん跳ねる少女『プリネ』の頭を撫でてやっているのは、戦士の少年『ラーくん』。

「昨日より強くなってないか？」

「そうかも。レベルが上がったからかな？」

「よっしゃ。今日はこの調子で3階層まで潜ろうぜ！」

「はーい！」

二人は階段を下りていく。

――げひひ。3階層か。ちょうどいい。

――初心者はちゃんと『おもてなし』をしてあげなきゃねぇ……？

怪しい影たちもまた、階段を下りていった。


ダンジョン第2層。

ここからは『テレポート』が解禁になる。

これを使えば文字通り、指定の場所へ一瞬で移動できる。ただし、いくつかの条件がある。

まずダンジョン内でなければならない。ダンジョンの外では使えない。

次に、個人でしか使用できない。

また、設定できるポイントは二か所のみ。行きと帰りだ。

さらに、そのポイントも、指定のエリア――通称『セーブポイント』に限られる。

各フロアのセーブポイントに『セーブ』して、各フロアを行き来するのだ。

冒険者はたいてい、2層のセーブポイントにセーブし、深い階層まで潜り、そのフロアのセーブポイントにセーブして、テレポートして戻ってくる。

セーブポイントにはモンスターが出現しない。ゆえに「ここをキャンプ地とする！」的なパーティもたまにいるが、たいていはあまり広くないので、他の冒険者から文句を言われる。

あまりひどいとギルドに報告だ。神は見ている。

さて、『ラーくん』と『プリネ』は、ひとまず第2層のセーブポイントに向かうようだ。

怪しい二つの影もそれを追っていく。

『ラーくん』と『プリネ』は支給マップを見ながら、セーブポイントを探している。

周囲を警戒している様子はない。典型的な初心者パーティだ。

――げひひ。これでは右の部屋の宝箱も見逃すな……。

――まったく警戒心に欠ける初心者……うふふ。

宝箱は一度開けて中身を取り出したら、以降、その冒険者は二度と取れなくなる。他の冒険者には中身が見えるのに、なぜか空っぽに見えるようになるのだ。

レアなアイテムはパーティで一つのみ。そうでない《コモン》アイテムはひとり一個ずつ取れる。ポーションはもちろん『レアじゃない《コモン》アイテム』。

――確かポーションが入っていたはずだが……。

――序盤の貴重な回復手段をさっそく一つ失ったようね……うふふ。

と怪しい二人が思っていたら、

「あ、こっちだ」

「はい！」

マップを見ていた『ラーくん』が、突然顔を上げて右の部屋を見た。

――馬鹿な。マップには宝箱の場所なんて載っていなかったはず……。更新されたのか？

まさかシーフの技能、宝探しＬｖ３を使ったとは、夢にも思わない怪しい影。

マッピング技能があるから支給マップなんて必要ないはずなのに、『ルーキーの気分を楽しみたい』などという理由で、見ているフリをしているだなんて欠片《かけら》も考えていない。

――げひひ。運よく見つけたらしいが、その鍵開けは難しいぞ。上手くできるかな……？

かちゃり。

――いとも簡単に⁉　手先が器用なようだな……。

――ふん、あの程度、私でもできたわ。

「お、ポーションだ！」

「やったね、初宝箱！」

いぇーい！　とハイタッチをする二人の子供。どこからどう見ても初心者にしか見えないだろう。

「この先の泉がセーブポイントらしいぜ。行こう」

「はーい！」

またもマップ片手に進んでいく、『ラーくん』と『プリネ』。

二人の歩みが止まった。モンスターだ。

スライムではない、大ナメクジ。文字通りナメクジをデカくしたようなやつ。子供の腰くらいまである巨大なそれは、第2層から出てくるモンスターだ。

「はわわわわわ……！」

『プリネ』がビビッている。今にも泣きそうな顔で、杖をぎゅうっと握っては『ラーくん』の背中に隠れている。

これは『ラーくん』が男を見せるチャンスだろう。

怪しい二人はそう思っていたのだが。

「プリネー。がんばんなさーい」

「ふぇええ⁉　私ぃ⁉」

「大丈夫だって。大ナメクジだし。ギルドの初心者マニュアルに載ってたじゃん。ファイアーライトで死ぬよ」

「でもでもでもでもでもでも！」

「でもじゃない。職業《ジョブ》レベル上がんないでしょうが」

「ううううう………」

泣きそうな顔でぶるぶる震えている『プリネ』。

しかし『ラーくん』はがしっと彼女の肩に手を置くと、

「お前ならできる！」

などと何も根拠のないように思えるセリフを口にした。

――げひひ。早くもピンチのようだな……。

――どうする？　せっかくの初心者が……。

――まぁ待て。ここは様子を見よう。

『プリネ』は俯いてしばらくぶつぶつ呟くと、きっと顔を上げた。ハッとするような表情だった。

そのまま『ラーくん』の前に出ると、杖を大ナメクジに向ける。

「ふぁ、小火灯《ファイアーライト》ォォォォ！」

ぼぼんっ！

大ナメクジを丸ごと飲み込むような巨大な火の玉を出して、モンスターを倒した。

「――はあっ、はあっ、はあっ、はあっ………」

杖を向けたまま、肩で息をする『プリネ』。

その肩に後ろから『ラーくん』がそっと手を添えた。

「やったじゃん、プリネ！」

「ふぇ？　あ、やった、できた……できたよー！　ラ――く――ん！」

そのまま二人で「やった！　できた！」と意味不明な踊りを始めた。

――な、なんだ今のは……？

――小火灯《ファイアーライト》の威力じゃなかったわよ……？

――そうか、あの小娘……さては『火とかげの加護』あたりのスキルだな。

――なるほど、それなら……。

魔道士の最優秀スキルとされている『魔女の恩恵』だとは、想像もしていない怪しい二人。

一方、『ラーくん』と『プリネ』は踊りを終えて、進み始めた。

その後も大ナメクジや新しいモンスターと遭遇《そうぐう》するたびに、
・震える『プリネ』
・励ます『ラーくん』
・『プリネ』の特大『小火灯《ファイアーライト》』
・勝利と喜びのダンス

を繰り返していた。

――あのダンスは必ず毎回しなければならないのか……？

首をかしげる影。もうひとりは呆れた顔で返す。

――それよりも、あの戦士。戦う気がまるでないようね。

今も、

「プリネ、あとファイアーライト何回だ？」

と聞いていた。

あくまでも魔道士の少女に戦わせる気らしい。そのくせ、やけに偉そうだ。

——読めたぞ。あの小娘のスキルがいいものだから。

——寄生しているわけね。見逃すわけにはいかんのぅ。あの少年が。

——うふふ。きっちりお灸をすえてあげなきゃねぇ。

泉の前で『ラーくん』と『プリネ』が十字を切った。

胸に手を当てて祈るような仕草だ。

これこそ『セーブ』の儀式。これで二人のセーブポイントが一つ埋まった。これからどんな深い層へ行っても、その層のセーブポイントまで戻れば、二人は『テレポート』でここに帰ってこられる。

『ラーくん』が告げる。

「よし、今日はこのまま第3層まで行くぞー！」

「おー！」

——げひひ。果たしてそう上手くいくかな……？

——うふふ。次の階層こそ私たちの出番……！

陰で怪しくほくそ笑む二人組には、気付いていないようだった。

ダンジョン第3層。

少年戦士と少女魔道士の二人組は、ギルド支給マップを片手に歩みを進めている。

その背後でこっそり後をつけている怪しい二人組。

少年が、ほぼ迷いなく宝箱がある部屋へ進んでいくのを、恨めしそうに見つめていた。

――あの小僧。妙に宝箱への嗅覚が鋭いな。

――そういうスキルか？

――ならば、なぜシーフにしなかった。

――分厚い鎧《よろい》に守られたかったのだろう。

などと見当違いなことを話しつつ、『ラーくん』と『プリネ』が3層のセーブポイントへ向かうのを追う。

角を曲がる直前、『ラーくん』がぴたりと止まった。

『プリネ』が不思議そうに彼の顔を見る。

おもむろに、『ラーくん』が『プリネ』に顔を近づけた。

――なっ、こんなところで！

――なんと緊張感のない……。

不意に、プリネが魔法を撃った。

すると、ちょうど良く角から現れたモンスター――おばけモグラに小火灯《ファイアーライト》が直撃。特大の火の玉をぶつけられたモンスターは、ひとたまりもなく消滅した。

──あの少女、唇を奪おうとした少年に怒って魔法を撃ったのか……？

──そこまで気が強そうにも見えないが……。

──では、今のはひょっとして……。

──まさか、な……。

もちろんそのまさかで、シーフ技能『探知』で、『ラーくん』がモンスターが隠れていることに気付き、そっと『プリネ』に伝えて迎撃させたのである。

奇妙なルーキー二人組の進軍はまだまだ続く。

次に彼らの前に立ちふさがったのは大きな扉。

この先にセーブポイントがあるのだが、鍵がかかっていて、シーフでなければ開けられない。

二人はしばらく扉の前に立ち尽くしたが、『ラーくん』が『プリネ』にひそひそと何かを喋《しゃべ》り始めた。

「ふぇえっ⁉」

「しっ、奴らに聞こえる……」

その会話に慌てる怪しい二人。

──まさか我らに感付いて……！

──待て、様子がおかしい。まさか……。

と、そこで怪しい二人組の片方が思い出す。

この扉には、鍵以外のちょっとした仕掛けがあった。

扉を開けると、たいてい向こう側にモンスターがいるのだ。

それも一匹ではなく、複数で。

角の待ち伏せに加えて、これもまた第3層の『今までと違うところ』。

今まで一匹ずつだったモンスターが、群れで襲ってくるようになるのだ。

ちょっとずつ敵がいやらしくなるのである。

――あらかじめ呪文を用意させて……まさか。

――おい、鍵を開け始めたぞ……まさか。

そのまさかである。

『ラーくん』が鍵をいともあっさりと解除し、扉を蹴り開けると同時に、後ろに控えていた『プリネ』が小火灯《ファイアーライト》を発射。あらかじめ場所を知っていたとしか思えないほど正確に放たれた火の玉は、おばけモグラの一番デカいやつにぶち当たって炸裂《さくれつ》。出鼻を完全に挫《くじ》かれたモンスターの群れを混乱に陥れた。

そこに躍り出る『ラーくん』。

怪しい二人は、わずかしか開かれていない扉に阻《はば》まれて、向こう側で何が起きたか見ることはかなわなかった。

それでも、扉のこちら側で待っていた『プリネ』が、

「わーい！　さっすがラーくん‼　すごいすごい‼」

と、ぴょんぴょん跳ねた後、扉の向こう側へ消えていったのはばっちり見えていた。

――あの二人、いったい……。

――こりゃあ私らの出番はなさそうだねぇ……。

怪しい二人は呆然としながらも、子供二人のあとを追った。

3層のセーブポイントは銅像の前だ。

二人は祈りを終えてセーブポイントを後にする。

そこへ、別の冒険者たちが声をかけた。

「やぁ、君たちルーキー？　良かったら一緒に進まないか？」

「ギルドのお達しでね。私たち、新人くんには優しくするよう言われているの」

容姿端麗で爽やかな青年武道家と、豊満な胸をやたらと強調した女シーフのペアだった。ギルドの広告塔になりそうな、外見的には理想的な冒険者たちだ。

その二人を見て、陰に身をひそめる怪しい二人組はまたも大いに慌てる。

――馬鹿な、彼奴《きやつ》らは……！

――まずいぞ、どうする？

――今、我らの顔を見られるわけにはいかん。

――しかしせっかくの初心者が……。

――こらえよ。今日は引き下がるとしよう。

――くっ……。神のご加護を。

すっ、と下がっていく影たち。

『ラーくん』がちら、とそちらに目を向けたことに、彼らは気付かなかった。

ssssssssssssssssssss
僕とプリネが第3層でのセーブを終えると、陰から見ていた二組のうち、一方が接近してきた。

シーフ技能『探知』。

技能レベルが上がれば、モンスターだけでなく、冒険者の位置も把握《はあく》できる技能である。

シーフレベル20を経験し、足音から体重移動の洗練さくらいはわかるようになった。

ぶっちゃけ大して強くない。

こっそり警戒しつつ、これまで通り気付いていないふうを装って、僕は近づいてきた二人組に体を向けた。イケメンにエロいお姉さん。なんていうか、『おとぎ話に出てきそう』な冒険者だ。

「やぁ、君たちルーキー？　良かったら一緒に進まないか？」

「ギルドのお達しでね。私たち、新人くんには優しくするよう言われているの」

呼吸を読む。

やや浅く、やや速い。

かすかな興奮と、嘲《あざけ》りと、慎重さと、そして優越感。

……みたいなものが感じ取れた。正確ではないけれど。

「ラーくん……」

プリネが、不安そうに僕を見ている。

その手をそっと握って、プリネに微笑んで頷いた。

――大丈夫。

目を丸くして、それから笑顔で頷くプリネ。伝わったはずだ。

「どうかな？」

再度聞いてくるイケメン武道家に、僕は微笑んで答える。

「ええ、いいですよ。このフロアの宝箱を取って、帰ろうと思ってたんです」

「本当かい？　そりゃよかった。僕はジェイムス。こっちはマルースだ」

「よろしくね」

イケメンさんに握手を求められたので応じる。女シーフさんは胸の谷間がぱっくり見えて、すさまじいことになっていた。

「ラーダとマリネです」

「よろしく、二人とも。宝箱まで僕らが案内しよう。こっちだ」

イケメンさんの案内は正しかった。モンスターと出会っても、ほとんど倒してしまった。女シーフさんはプリネに見えないよう僕の手を握ったり、自分の胸や尻に触らせたり、体を密着させてきたり、うっかり胸をぜんぶ見せたりした。

僕たちは宝箱を取って——レアなアイテム以外はひとり一個ずつ。レアなアイテムはパーティで一つらしい——セーブポイントから第3層を後にした。

夕食を一緒に、と、しつこくしつこく誘ってくるのを断る。

するとイケメンさんは新たな提案をしてきた。

「また明日もどうだい？ 次は4層へ行こうじゃないか」

「いいですね！ 僕らもそうしようと思っていたんです」

僕は快諾《かいだく》する。

「決まりだ。迎えに行こう。どこの宿の何号室かな？」

「雀の羽の宿、201号室です」

「了承した。明日の朝八時に迎えに行くよ。朝食を一緒に食べよう」

ぱちり、とウインクする仕草が、またイケメンに似合っていた。

すれ違いざま、「ダンジョンの入り口で待ってるね、朝までシよ」と、女シーフさんに囁《ささや》かれた。

それから僕はギルドへ赴《おもむ》き、プリネと別れた。

その日の夜。

雀の羽の宿、201号室に賊《ぞく》が侵入した。

ＳＳＳＳＳＳＳＳＳＳＳＳＳＳＳ

シーフ技能『隠密』でタンスの横に隠れていた僕は、『彼』がベッドの脇に置いておいた荷物の中身に手を突っ込んだところで『隠密』を解除。その腕を掴んで投げて床に叩き付けた。

どやどやと入ってくるギルド所属の兵士たち。全員が現役・引退問わず冒険者だ。

窃盗犯《せっとう》——爽やかイケメンの『ジェイムス』が、兵士たちに取り押さえられた。

「『初心者狩り』ロイ・クラーク！　不法侵入と強盗の現行犯で捕縛《ほばく》する！」

「あぁん⁉　なんだてめぇら！　離せこら！　あっ、ラーダくん、彼らに言ってくれ、誤解だって……」

「僕はラーナです」

「は？」

「あなたが職業《ジョブ》レベル5から上がらないのは、こんなことを繰り返しているからですよ。冒険者は、天神様が見ているんです」

ギルドの職員さんから聞いた彼の情報を話すと、ジェイムス改めロイ・クラーク氏は顔を真っ赤にして怒り出した。

「知った風な口きいてんじゃねぇぞてめぇコラ！　俺らがどれだけ苦労したと……！　ちくしょう離せコラ！」

連れて行かれるクラーク氏。今ごろ、ダンジョンの入り口で僕を待ち伏せしていた女シーフも、捕まっていることだろう。

イケメンと美女による、窃盗《せっとう》と美人局《つつもたせ》。

などという『初心者狩り』が起きているとアンナさんから聞いていた僕たちは、それっぽい連中が来たらギルドに通報するよう、お願いされていたのであった。

僕もプリネも間違いなく新人だしね。

そりゃあ釣れるよね。

「ラーくん！」

隣の部屋にいたプリネが僕に抱きついてきた。不安そうに顔を上げる。

「大丈夫？　平気だった？　怪我してない？」

「そう聞くなら、いきなり抱きつくのをやめなさい」

「あっ、そっか！　ごめんねラーくん痛くない⁉」

「痛くない痛くない。怪我してないから」

「なーんだ。良かった」

にへら、と笑うプリネ。いま僕のお腹にぎゅっと押し付けられている胸と、さっきの女シーフの胸をついつい比べてしまう。

垂れてたな。

遠い目をして思い出す。若作りはそうとう上手いようだが……。

なんというか、身近にプリネという爆乳美少女な幼馴染がいると、すべて比べてしまって良くない。女シーフくらいの美女ですら、霞《かす》んでしまう。

あれ？　てことは僕、将来結婚するときは、プリネ以上の相手を探さなきゃならんのか？

こりゃ難題だ、と頭を抱えた。まさかこんな弊害《へいがい》があるとは……。

などとやっている間にも、ギルド兵士が引き上げていく。

最後に残った職員さん二人が、僕とプリネを見て頭を下げた。僕も会釈を返す。

「どうも」

「…………」

「…………」

無言で頭を上げる職員さんたち。なんか二人とも人相が悪い。姿勢も悪い。にたにたと笑っている。ちょっと不気味だ。街で会ったら避けてしまいそうだ。

「あの……？」

おずおずと尋ねると、

「げひひ。やはり只者ではなかったな……」

「うふふ。無事で良かったわ……」

何やら知っているふう……。あっ、そういうことか！

「今日、僕らを尾行していたもう一組！」

「げひひ、気付いていたとは……」

「うふふ、私たちの出番は最後までなかったわね……」

不気味に笑う二人。怪しすぎる。

「……なんでついてきてたんですか」

「知れたこと。初心者を陰ながらサポートするのが職員の務め」

「第3層はいやらしいモンスターが多い。つまずく初心者もまた、多い」

「怪我をする前に加勢しようと思っていたのだが……げひひ」

「まさか追っていた『初心者狩り』が釣れるとは……うふふ」

ずっと追っていたが証拠がなくて、ダンジョンの中ではなかなか捕まえられなかったという。

なるほど、釣りの餌だったわけか。

じゃあ僕が報告しようがしまいが、あの連中は捕縛《ほばく》されていたのか。

「それならそうと教えてくれれば」

「悪かった。無事で何より」

「すまない。任務を優先した」

「そうですか……」

「報酬はきっちりお支払する」

「どうか許していただきたい」

「まぁ、別にいいですけど」

僕が受け入れると、くっついていたプリネが話しかけてくる。

「また報酬もらうの？　ラーくんはすごいねぇ」

「お前と山分けだよ」

ギルド職員の二人がプリネを見て、僕に言った。

「きみが彼女に寄生していると考えていた。謝罪する」

「きみは彼女を鍛えようとしていたのだな。謝罪する」

「いえ、いいんですけど。そっか、そう見えるのか……」

「すごいのは私じゃなくてラーくんなのにね」

そんな僕とプリネを見て、職員二人はげひひ、うふふ、と微笑んだ。

「ではさらばだ。未来ある新人よ」

「君たちに、神のご加護を……」

不気味な笑顔を残してギルドの二人は立ち去ろうとする。

が、ふと思い出したように男性の方が振り返って、質問を投げかけてきた。

「最後に一つだけ尋ねたい」

「なんでしょう？」

スキルのことは絶対に言えないと思った。気を引き締めて、言葉を待つ。

「あの『勝利と喜びのダンス』は、必ず毎回しなければならないのか？」

そうだった。ぜんぶ見られてたんだった。

あらためて他人の口から言われると、顔から火が出るくらい恥ずかしかった。

第六話　お買い物デート

翌日。

昨日の分のステータスシート更新と、モンスター討伐&囮《おとり》捜査の報酬の受け取りを済ませた僕とプリネは、ダンジョンギルドの上階層に来ていた。

とてつもなく大きなダンジョンギルドという名の城の中は、ちょっとした商店街のようだ。

「うわーー！　いーっぱいあるねーー！」

立ち並ぶお店を見てはしゃぐプリネ。

武器や防具にアイテム。鍛冶《かじ》屋なんてのもある。

プリネのレベルが上がったので、今日は、彼女の武器と防具を新調しに来たのであった。

「職業《ジョブ》レベル5だもんな。もう初期装備ってわけにはいかないよな」

「ラーくんはいいの？」

「僕はまたすぐ転職するから」

と、口では言いつつも、強そうな武器やカッコいい防具を見ると心躍ってしまうのは、男子のサガだろう。剣もいいけど槍もいいよね。

短杖を見ていたプリネが、思い出したように問いかけてきた。

「そういえばラーくん、『ホブゴブリンの手斧』は使わないの？」

「うーん、初心者がアレ使ってたら目立つしな。というか、せっかくだから剣を使いたくて」

「そういうことね」

くすり、とプリネは笑う。そして、あ、と何かに気付き、

「見て見てラーくん。護符《アミュレット》だよ」

と護符《アミュレット》屋の店先に、たたたと走っていった。

護符《アミュレット》とは、アクセサリーの形をした魔法アイテムである。攻撃力・防御力・素早さアップや、魔法効果・耐性アップ、常時ＨＰ回復や、毒半減など、装備するだけで特殊な効果を発揮してくれる。

基本的に、一つしか装備できない。同系統の護符《アミュレット》でも、複数持つと呪詛《じゅそ》がぶつかり合って、逆効果を生んでしまうのだそうだ。

うーん、と真剣に商品を眺めるプリネ。

イヤリング型の護符《アミュレット》を手に取り、耳に軽く当てて、照れくさそうに僕の方へ振り返った。

「に、似合う、かな……？」

「うん。いいんじゃない？」

「えへへー！　こっちは？」

「うん。いいんじゃない？」

「ほんと？　じゃあこっちは？」

「うん。いいんじゃない？」

「……ラーくん、ちゃんと見てる？」

「見てる見てる。みんな似合ってるよ」

メアリーとプリネの買い物に散々つき合わされたことを思い出していると、プリネが、

「これはどうかな？」

と、今度はネックレス型を見せてきた。

じゃらじゃらとしたデザインで、背が低いプリネには少し長い。

なにより――ほとんど胸に乗っかってるやんけ。

プリネさんのロリ爆乳っぷりが強調されてしまい、よろしくない。

「それはやめた方がいいんじゃないかなぁ」

「そうかな？　確かにちょっと重いかも」

「ちなみに、どんな効果があるんだ？」

「ふぇっ!?　え、えっと……」

なぜか目を泳がせるプリネ。

ちらりと商品棚を見ると、どれもこれも『恋愛』の札がついていた。

「プリネさんや」

「ひゃっ、ひゃいっ⁉」

「ダンジョンに出会いを求めるのは間違っているのではないだろうか」

「も、求めてないよっ⁉」

「それならいいんだけど」

「だ、だって、もう、で、であ、出会ってるし……！」

「何か言った？」

「何でもないです！」

お年頃だからね。仕方ないね。

その後もしばらくお店を回っていると、聞き覚えのある声がした。

「あ、おいラーナじゃねぇか！」

「プリネちゃんもいる！」

振り返るとそこには、同い年の少年が二人。

片方は、戦士鎧を着て手斧を装備した、デカいの。

もう片方は、ダガーと道具箱をベルトに挿した、ヒョロいの。

二人は意地悪そうな笑顔でいった。

「ようようラーナくん！　【呼吸】スキルは順調かぁ？」

「すぅううううううはぁぁぁあああああああ」

「げはははははははははははは！」

　つい数日前、一緒に女王様からスキルを賜《たまわ》った二人であった。

　うわぁ殴りたい。殴っていい？

「――誰だっけ、お前ら？」

　荒ぶる気持ちを抑えつつ、声を揃えて笑う二人のクソガキ（同い年）どもに、僕は聞いてやる。

「てめぇコラ、ラーナ！　この【斧術の心得】戦士カーロスさまを忘れただと⁉」

「【銀宝の嗅覚】、シーフのクレイも忘れるなよ！」

　自己紹介ごくろう。

「あんまり人前でスキルぺらぺら喋《しゃべ》んじゃねーよ」

「あぁん？　呼吸ヤローが生意気じゃねぇか」

「懲《こ》りずに冒険者になったみたいだな、おまえ」

「どんなスキルでも使い道はある」

　メアリーもそう言っていたしな。

「けっ！　呼吸にどんな使い道があるってんだよバーカ！」

「俺らみたいなスペシャルなスキルをゲットしてから言えやバーカ！」

スペシャルね……。

確かに【斧術の心得】も【銀宝の嗅覚】も、最初は正直かなり羨ましかったけどな。

でも今は違うんだ。

「おいラーナ。お前その恰好《かっこう》、戦士だろ？　くくく、初期装備だけど」

「笑っちゃわるいぜカーロスぷくく、初期装備だからってぴょははは」

「文句あんのかコラ」

「あぁん？　イキってんじゃねぇぞ雑魚《ざこ》。てめぇ職業《ジョブ》レベルいくつだよ？」

「俺らはもう3だぜ？　ダンジョン潜ってたったの三日で職業レベル3！　天才はつらいぜぇ」

思わず僕とプリネは顔を見合わせた。

僕はともかく、初日をほとんど無駄にしたプリネですら、すでにレベル5だ。どうしよう、思った以上にこいつら雑魚《ざこ》い。

しかし、まさかここで僕のレベルをバラすわけにもいくまい。どうせ信じねーだろうけど。

その沈黙をどう勘違いしたのか、カーロスがせせら笑うように言った。

「ああ、言わなくていいぜ。どうせ2とかだろ？」

「おいおいカーロス。そりゃ『戦士』に失礼ってもんだ。こいつはまだ1に決まってる」

「げはははははは！」

うるせー。イラっとして、思わず自分のステータスを確認してしまった。

そうそう。昨日はほとんどプリネにモンスターを倒させたけど、【呼吸】スキルのおかげでけっこう上がったんだった。

「戦士レベル5だボケ。黙ってろ」

「あ、ラーくん……」

やべ、つい……。

プリネに注意されるも時すでに遅し。僕は自分の職業《ジョブ》レベルを口にしてしまっていた。

今度はクソガキ二人が顔を見合わせる。

「げはははははは!」」

「むっ、無理すんなよラーナ! 戦士レベル5ぉぉ? げはははは」

「おまっおまっ、そりゃ盛りすぎだろバーカ! げはははは!」

「本当だっつの」

さらに言うと、笑っていたカーロスが、今度は不機嫌な顔になる。

「……くそつまんねーこと言いやがって。だったらギルドカード見せろやコラ」

「職業レベル詐欺《さぎ》るなんざ、俺らの世界じゃぶっ殺されても文句いえねーんだぞコラ」

ギルドカードとは、自分の能力を『他者に見せるため』の、簡易版ステータスシートだ。

名前と職業レベル、パーティ参加の有無など、他人《ひと》に見せても問題ない範囲が記されている。

スキルや技能などのクリティカルな部分は隠すことができるので、見知らぬ相手とのパーティ編成の際に確認したり、名刺代わりに交換したりする。

「持ってねーよ。必要ねーし」

「だったら囀《さえず》んなカスが」

「幼馴染のよしみで、今回だけは許してやんよ」

ほんと何様なんだこいつら……。

呆れていると、また急に二人が威張りだす。

「へ、俺たちゃよ、『クラン』に入ったんだぜ！」

「もうお前とは生きてる世界が違うんだよ！」

「クラン？」

「そんなことも知らねーのかよ！　しょぼい冒険者はこれだからよぉ！」

「クランっつーのはなぁ、パーティの集まりなんだよ！　大勢のパーティでダンジョンを攻略するんだ！　俺たちは栄《は》えある『銀翼』構成員のひとりだ！」

「ふーん。そういうのもあるんだ」

僕の反応を見て、何がおかしいのか二人は顔を見合わせて笑い出した。

「ま、お前には関係のない話だな！　げはははははは！」

「せいぜい浅層をウロチョロしてな！　げははははは！」

いちいちうるせーな、こいつら……。

いきがる二人に呆れていると、その視線が僕の後ろへ向いていることに気付く。

さっきからちらちらと気にしていたようだが。

「プリネもよぉ、そんなやつとくっついてねーで、俺らとパーティ組もうぜ？」

「そうだよ、プリネちゃん。俺らが手取り足取り教えてあげるよ？」

ささ、と僕の後ろにプリネが隠れる。

昔、カーロスくんとクレイくんに言い寄られて困る、的な相談をプリネから受けたことがある。

話を聞くと『言い寄られる』レベルじゃなくて、家の外で待ち伏せされたり、夜中や朝方に寝室の窓を叩かれたり（そのせいでプリネの部屋は二階になった）、街の祭で嫌がるプリネと無理やりダンスを踊ろうとしてメアリーに殴られたり、あげればキリがないほど迷惑な行為を繰り返していた。

僕の目の前でやれば当然喧嘩《けんか》になるので、たいていは僕が見てないスキにだ。こいつらが僕を目の敵にするのはそういう理由もあった。ていうか、ほとんどそれ。僕をからかいたいんじゃなくて、僕と一緒にいるプリネの気を引きたいのだ。

厄介なのは、本人も周りも、『男子が好きな子にちょっかいを出している』程度にしか思っていないことだ。プリネが陰でどれだけ泣いているのか、こいつらもその親もまるで理解していない。

プリネが勇気を出して「もう付きまとわないでください！」ってハッキリ言ったこともあって、『賜天の儀』まではおとなしくしていたようだが……。

「プリネ、スキルは何だったんだ？　言ってみろよ」

「使えそうなスキルなら、俺らから『銀翼』に紹介してあげてもいいよ？」

「てめぇら、いい加減にしろよ」

二人の勝手な発言に、思わず口をはさんでしまった。

「あぁ？　てめぇに聞いてねぇんだよ引っ込んでろ呼吸ヤロー！」

「とっとと実家に帰って、妹のベッドですーはーしてろクソスキル！」

ぶち。

キレた。

よーしわかった。戦争だな。戦争をするんだな。

キレた僕が一歩足を踏み出そうとしたとき、

「わ、私はラーくんとパーティを組んだから……」

プリネが震えながら、それでもきっぱりと言った。

「あなたたちとは、一緒に行かない。に、二度と、近寄らないで！　話しかけないで！」

芯の通った声。

よく言った、プリネ！

僕は、思わず心の中でガッツポーズを決める。

何を言われたのかわからないという二人のアホ面が実に心地よい。

しばらくするとようやく実感が湧いてきたのか、カーロスとクレイの顔がみるみる赤く険しくなってきた。

無意識に、僕は呼吸を読む。

大きく吐き出す前の、深い吸い込み。我を忘れて怒り狂う直前のそれ。

「てめぇこのクソアマ！　ひとが下手《したて》に出てれば調子に乗りやがって！」

「きみがそこまでワガママだとは思わなかった！　俺がこんなに言ってあげてるのに！」

キレた二人の手が、プリネに伸びる。

そのときにはもう、僕の渾身《こんしん》の右ストレートがデカい方の顔面にめり込んで、一秒後にはぶっ飛ばしていた。

「ぶげらっ⁉」

「カーロスぅ⁉」

宙を舞う相棒を目で追うヒョロいの。その頬へ左フックを刺した僕は、踏み込んだ軸足を中心に全身のばねを使って回転し、力いっぱい思いっきり振り抜いた。

「ぶげろぅっ⁉」

ひゅーん。

どさり、どさり。

デカいのの上に、ヒョロいのが覆いかぶさり、無様に寝転がった。気を失ってぴくぴくしている。うっかり全力で殴っちゃったが、まだ生きているようだ。

武道家に転職する前でよかった。

心の底からそう思う。殺人を犯すところであった。

二人の持ち物からポーションを勝手に取り出して、じょぼじょぼと上からかけてやる。しばらくすれば起きるだろう。

「だ、大丈夫……？」

さしものプリネも心配している。

「あー平気平気。二人とも、まだ息はしてるよ」

「よかった」

「……僕も手加減することを覚えないとな」

「ラーくんはたくさん覚えることがあって大変だね」

とか何とかいいながら、僕とプリネはその場を後にした。

ＳＳＳＳＳＳＳＳＳＳＳＳＳＳＳＳＳＳＳＳ

別の階に来た。

ここは防具屋が多いフロアらしい。いろんな服や鎧《よろい》が吊るされている。

ふと、プリネがつぶやいた。

「ラーくん、さっきはありがとう」

「え、や、いいって。僕もキレてたし」

「あのね、ラーくん、すごく……かっこよかった」

「あぁ、そう?」

恥ずかしい。あんなのはカッとなって殴っただけだ。ガキの喧嘩《けんか》にすぎない。

ディエゴ先生に見られたら、正座でお説教されるほどの醜態《しゅうたい》である。

「これからも、私のこと、守ってくれる……?」

「そりゃまぁ、僕は前衛だし、お前は魔道士だし」

「そうじゃなくって」

「……おう。わかってるよ。任せとけ」

お前の兄貴分として、お前が結婚するまでは僕がしっかり守る。

僕の決意は、プリネにしっかり伝わったようだ。ぎゅうっと腕を掴んで、微笑んでくる。

「ありがとう、ラーくん。大好き」

「ああ、いいってことよ」

その後しばらく、プリネはまるで住み着いたかのように、僕の腕から離れなかった。


昼前に買い出しは終了。

プリネが買ったのは、先端に魔石の着いた短杖と、黒を基調にしたワンピース。スカート部分がふわふわとフレア？　になっていて、白いラインが横に引かれている。とても可愛らしい。

もちろん防御力だって馬鹿にできない。第7層まではこれで十分ですよ、10層まででも頑張れます、とは店員さんの弁。たいへん参考になります。

「えへへー！　えへへへへー！」

喜びのダンスをくるくると踊るプリネ。そのたびにフレアスカートがゆらゆら揺れてなんだか幻想的だ。

余ったお金で、イヤリング型の護符《アミュレット》をお揃いで購入した。魔力耐性の効果だ。

男の僕がイヤリングを着けるのは少し抵抗があったが、行きかう冒険者をよくよく観察すると、けっこう男でも着けているひとがいて、気にする必要はないと思い直した。

なによりプリネがお揃いで嬉しいとはしゃいでいる。着けるしかあるまい。

ポーションと毒消し、固形食料もたくさん買った。パーティに僧侶がいない分は、これでカバーできるだろう。

他にも色々と必要なアイテムを揃え、僕たちは今日もダンジョンの入り口に辿り着いた。

「よーし、三日目だ。今日は第5層を目指すぞ！」

「おー‼」

いつもより元気なプリネの声を聞き、僕はダンジョンへと歩みを進めた。

攻略は順調だった。

しかし——数十分後。

「はぁっ、はぁっ、はぁっ、はぁっ、はぁっ……！」

「…………………」

僕の剣は折れ、プリネは眠りについている。目の前にはモンスターの群れ。

予想外の出来事だった。

幕間　二人のステータス

＝＝＝＝＝＝
名　前：ラーナ・プラータ
人　間：Ｌｖ73
戦　士：Ｌｖ５
ＨＰ：１１８
ＭＰ：０
攻撃力：73＋12（ロングソード）
防御力：73＋12**＋１**（初期・鎧《よろい》一式、**イヤリング**）
素早さ：78
技　能：鍵開けＬｖ20、探知Ｌｖ20、追跡Ｌｖ20、マッピングＬｖ10、隠密Ｌｖ３、宝探しＬｖ３、剣術Ｌｖ５、**【新】鉄壁《ガード》**、**【新】突撃《チャージ》**、**【新】強撃《アタック》**。
スキル：【呼吸】息を吸って吐くことができる。
＝＝＝＝＝＝

＝＝＝＝＝
名　前：プリネ・ラモード
人　間：Ｌｖ22
魔道士：Ｌｖ５
ＨＰ：44
ＭＰ：80
攻撃力：22**＋2**（**短杖**）
防御力：22**＋15＋1**（**ゴシックドレス、イヤリング**）
素早さ：22
技　能：小火灯《ファイアーライト》：消費魔力：２、**【新】防御盾《シールド》：消費魔力：3、【新】水氷棘《アイスピックル》：消費魔力：3、【新】閃煌線《パイロ・レイ》：消費魔力：4。**
スキル：【魔女の恩恵】魔法を覚えやすい。魔法効果が上がる。
＝＝＝＝＝

第七話　【戦技】と回復の泉

遡《さかのぼ》ること数十分前。

第2層まで歩き、テレポートで第3層までやってきた僕たち。

セーブポイントである立派な銅像の前で、僕は支給マップを確認する。シーフの技能はあるが、ルーキーの気分を楽しみたいので、もう少し支給品に頼ろうと思う。紙の地図なら、プリネと一緒に見られるし。

「うし。じゃあ4層へ潜ろう」

「はーい！」

階段をてくてくと下りていく。階段の幅がどんどん広く大きくなっていく。……いつまで経っても階段が終わらない。

「……なんだこれ」

「……長いねぇ」

と話していると、ようやく終わった。

階段室から出てみると、そこは……。

「「うわぁ」」

ダンジョン内とは思えないほど広いフロアだった。

天井が高すぎて見えない。

あちこちに木々や草花が生えている。

川も流れている。

小鳥もいれば蝶々もいる。

何の灯りなのかはわからないが、頭上が妙に明るくて、まるで太陽の光のよう。

真昼間《まっぴるま》の草原、といった風情だ。

プリネがぎゅっと手を握ってくる。

「すごいねぇ、ラーくん……」

「ああ……」

神々のダンジョンはここからが本番……そんな気がした。

ちゅんちゅん、と囀《さえず》る小鳥の声にしばし聴き入っていたが、はっ、と正気を取り戻す。

「行こう、プリネ」

「そ、そうだね、ラーくん！」

支給マップを取り出して、僕たちは進み始めた。

「ここは草原地帯らしい。セーブポイントは森林地帯にあるみたいだ」

「はーい！」

と、僕のシーフ技能『探知』に引っかかる物体が。

モンスターだ。

右方向を見ると、草原の上を走るように飛ぶ影がある。

蜂を大きくしたようなモンスター、ビービーだ。四匹やってくる。

「プリネ、戦闘準備！　敵は四匹、飛行モンスターだ！」

「は、はい！」

短杖を構えるプリネ。僕は前に出て防御姿勢をとった。

「いつでもいいぞ！」

「い、いきます！　魔の粒子よ、薙《な》ぎ払え。閃煌線《パイロ・レイ》！」

僕の隣に出たプリネが、杖を左から右へ薙《な》ぎ払う。

すると、一拍遅れて炎の筋《すじ》が巻き起こり、飛来してきたビービー四匹をまとめて焼き払った。

霧となって消えていくモンスターたち。

勝利である。

「やった、やったやったー！　できたー！」

「おー！　すっげぇ！　やったなプリネ！」

いぇーい、とハイタッチする僕たち。

いまのプリネの魔法は、職業《ジョブ》レベル5になって新しく覚えた『閃煌線《パイロ・レイ》』。魔道士の振った杖の方向へ炎を巻き起こす呪文である。

小火灯《ファイアーライト》と違って、複数の敵をいっぺんに倒せるのが利点だ。僕がいくら攻撃力が高いといっても、一度にたくさんの敵は倒せない。

「便利な魔法だなー」

「えへへー！」

「この調子でどんどん行こう！」

「おー！」

草原地帯を抜ける直前、川の付近でまたモンスターと遭遇《そうぐう》した。

今度はカエルを大きくしたやつだ。人間大サイズ。ぶっちゃけ、かなりキモイ。

「レッドトードだ。やれるか、プリネ？」

「う、うん！」

プリネの返事の直後、その名の通り赤いカエルは、口をぷくー、と大きく膨らませた。

「あ、やばい」

「ふぇっ!?」

ぶぉぉぉおおおおおおおお！

火を吐き出した！

「ぐああああっちっち！」

「わぁわぁああ！」

火に巻かれる僕とプリネ。不細工な踊りを踊るようにわたわたと動き回る。

プリネは装備していたゴシックドレスのおかげで、踊っている間に火が消えた。怪我もないようだ。

「あれ、あれ、熱くないよ……？」

と、本人もそのことに驚いている。

僕はだめだ。戦士の初期装備は火に耐性なんてない。仕方ないので川に飛び込んで消火。プレーンレベルと防御力が高いおかげで、大したダメージにはならない。けどびっくりしたのは事実。

「おのれカエル野郎め……！」

ぬらり、と僕は剣を抜く。

良かろう、【戦技】ってのを試してみたかったのだ。栄《は》えある第一号にしてや――。

「水氷棘《アイスピックル》！」

僕が斬りかかろうとした瞬間、横から呪文が聞こえる。それとほぼ同時に、赤いカエルにいくつもの氷の矢が刺さっていた。矢はすぐさまカエルの体表を凍らせていく。

やがて全身を覆い尽くすと、
ぱきぃん！

と砕けて散った。

レッドトード。火を噴くカエル。イメージ通り氷に弱かったようだ。

てか、おいおい。僕の獲物が。

「やったよラーくん！ 見てた見てたー⁉」

僕の気持ちをよそに、プリネははしゃいでおる。

……たいへん可愛らしいから、ま、いっか。

「やるじゃんプリネ！ 横取りしやがってこいつー！」

「えっへっへー！ しちゃいましたー！」

僕はざぶざぶと川から上がり、篭手《こて》を外して水を絞った。パンツの中までびしょびしょです。

おのれカエル野郎め。

「風邪ひかないでねラーくん！」

と、温めようとしてくれたプリネが、小火灯《ファイアーライト》でうっかり篭手《こて》を焦がしたのはご愛敬である。

ssssssssssssssssss

森林地帯。

うっそうと茂る木々の群れ。昼なのに夜みたいに暗い、不気味な雰囲気。ぽっかりと開いて僕らを待ち受ける、木々の入り口。

深呼吸して、僕は言う。

「よし、行くぞプリネ」

「は、はい！」

勇気を出して一歩踏み込んだその先に、奴らはいた。

デカいキノコだった。

はじめ、僕はそいつらが何なのかわからなかった。

ただ不思議に思い、

「なんかでけぇのがあるな……」

と、うかつに近づいた。まさにそのとき。

「あ、ラーくん！」

「え？」

ぼふっ！

キノコがピンク色の胞子《ほうし》をまき散らしたのだ。

それはあっという間に霧となり、あたりはピンクのもやもやでいっぱいになった。

「やっべ！」

時すでに遅し。

ただのデカいキノコだと思っていたそいつは、ぴょーん！ と元気よく飛び出してその正体を見せたのである。

キキキキキ！

姿を現したキノコには、顔と手足がついていた。

キノコのおばけだった。

確か正式名称は……おばけキノコ！ くそ、そのまんまだ！

現れたのはこいつだけではない。

ぴょーん！ ぴょーん！ ぴょーん！ ぴょーん！ ぴょーん！ ぴょーん！ ぴょーん！

と七匹のおばけキノコが出現した！

奴らは飛び出すと同時に胞子《ほうし》をまき散らす。どんどん濃くなっていくピンク色空間。

「この霧ヤバいやつだ！ プリネ！ 吸わないように気をつけてくれ！」

「は、はい！」

おばけキノコどもは木々に隠れて、かさかさこちらに近づいてくる。

思ったより慎重だなこいつら。

あるいは何かを待っているのか……？

とにかく反撃だ！

「プリネ、魔法頼む！ あの火炎放射みたいなの！」

「ぇぇ⁉　森、燃えないかな？」

「ダンジョンだから燃えない！　そういう風になっているはずだ！」

「そ、そうなんだ、わかった！　……魔の粒子よ、なぎはらぇくかー」

呪文を唱えている途中で、プリネが、立ったまま寝始めた。

「プリネー‼」

「んむにゃむにゃ……」

そうかこの胞子《ほうし》……眠りの効果があるのか！

キノコどもが遠巻きに見ているのはこのためか！

奴ら、僕らが眠ったあとでじっくり襲うつもりだ！

「起きろプリネ、起きろ！」

かっくんかっくん揺らしてプリネの目を覚ます。胸もたっぷんたっぷん揺れたのは見てないふりだ。

「むにゃ、あ、ラーくんだぁ……」

「目ぇ覚ませ！　魔法だ魔法！」

「まほー？　……魔法！」

ぱっちり目を開いたプリネが再び杖を構える。

「……魔の粒子よ、」

閃煌線《パイロ・レイ》は強力だが、詠唱が必要らしい。

「薙《な》ぎ払え。ぱいろすやぁ」

すやぁ……と安らかな眠りに落ちるプリネさん。

「プリネー‼」

かっくんかっくん。

「起きろプリネ、起きないとちゅーするぞ！」

「ちゅーしてくれるの⁉」

「起きたか！　魔法撃て魔法！」

「あっしまった！　起きなかったらちゅーしてもらえたのにもう！　えーい、——魔のすやぁ」

「早ぇよ！」

だめだ。プリネはとても眠いらしい。

仕方ない。こいつの経験値稼ぎは、とりあえずここまでだ。

プリネを地面に横たわらせて、僕は剣を抜いた。

「かかってこい、キノコども！」

一向に眠らない僕にしびれを切らせたおばけキノコの群れが、一斉に飛び掛かってきた。

キキキキキキ！

「でやあああああっ！」

手に持ったロングソードで手近な一匹を真っ二つに叩き斬ると、その後ろにいたやつも返す刀で両断。左に身をひるがえし、一直線に並んで突っ込んでくるキノコどもに僕は剣を構え直した。

ここで試す！

――【戦技】突撃《チャージ》！

戦士の戦闘用技能――【戦技】を繰り出す。

僕の体は光に包まれ、矢のようにまっすぐ前へ飛んで行った。剣を前にして、体全体を槍に見立てた突進技だ。

ギギギギギィッ！

三匹のおばけキノコは僕の体に当たった端からえぐり取られ、絶命。霧に還っていく。

ずざざざざ。

よっしゃ、いい感じ！　気持ちいい！

心の中でガッツポーズを決める僕。

だが、MPの消費もなく強力な技を使用できる【戦技】は、二つのデメリットがある。

一つ目は……。

「ぐっ……」

数瞬だけ、体が鉛のように重くなるのだ。硬直時間と言ってもいい。とにかく動けない。

戦技は、スキが大きいのだ。

だが、その数瞬を突けるほど強力なモンスターは、この階層《フロア》にはいない。

キキキィ！

すぱぱぱん！

残る二匹のキノコを斬って捨てると、僕は息を吐いた。

「ふぅぅぅぅ……」

どうやら呼吸スキルのおかげで、僕にはこの睡眠霧は効かないらしい。以前一度眠らされたことがあったから、耐性でもついたのかもしれない。

『(睡眠霧の中でも）息を吸って吐くことができる』。

そういうことなのだろうか。

「さて、と……」

自分の不注意が原因で、またプリネに負担をかけてしまった。反省しつつ彼女を背負う。やっぱり軽い。そして柔らかい。

第5層まで行くにしても、テレポートで脱出するにしても、まずはこの第4層でセーブしないと話にならない。

テレポートはセーブポイントでしか使えないのだ。

第3層のセーブポイントまで戻り、テレポートで脱出するのも可能だが、草原地帯を戻ってあの長い階段を登るのは勘弁だ。

もちろん転移結晶なら、今すぐこの場で脱出することもできるが、まだ使うべき時じゃない。

先へ進もう。

脳内でマップを確認。森の奥に湖がある。そこが第4層のセーブポイントのようだ。

宝箱はまた次回かな。プリネ寝てるし。

などと思いつつ一歩を踏み出した。その途端。

「って、おいおいおいおい……」

森の闇に光るいくつもの瞳。

『探知』にひっかかる夥《おびただ》しい数の敵。

あのピンク霧は、どうやら眠りの作用だけではないらしい。

「仲間を呼びますってか？」

僕の呟きに答えるように、森全体が一斉に鳴いた。

キィキキキキキキキキキキキキキキキキ！！

プリネを背負ったまま、僕は剣を抜く。

「全部は相手にしてられねぇな……」

そう決めて、足に力を込める。

「すー…………はっ！」

走った。

素早さは半分になったものの、シーフの感覚は体が覚えている。

襲いかかるキノコどもを、ちぎっては投げ、斬っては捨てた。篭手《こて》でぶん殴りつつブーツの底で踏んづける。

呼吸が激しくなる。しかし息は切れない。鎧《よろい》の重さを感じにくい戦士の体で、超重量の戦闘用馬車《チャリオット》のようにモンスターどもを轢《ひ》き殺していく。

「はぁっ、はぁっ、はぁっ、はぁっ、はぁっ！」

一定の呼吸を保ったまま僕はさらに加速。やばい、楽しくなってきた。自分がどんどん『強くなっていく』感覚がある。気持ちいい。最高だ。アドレナリンがどばどば出ている。ランナーズハイだ。

「はぁっ、はぁっ、はぁっ、はぁっ、はっはっはぁ！」

おばけキノコが十匹くらい並んでいるのが見えた。ハイテンションのまま僕は構える。

――【戦技】突撃《チャージ》‼

先ほどよりもさらに鋭い突進が、キノコどころか周りの木々すら刳《く》り貫《ぬ》いていった。

あ、戦技の威力が上がってる。

キノコ狩りと呼吸スキルによって職業《ジョブ》レベルがいくつか上がったのだろう。それによって威力も向上したに違いない。

しかしその分、武器に負担がかかる。

ずざざざざざざざざざざざざざっ、と硬直時間を使いながらブレーキをかけ、ようやく僕の体が止まったとき、それに気付いた。

初期装備のロングソードは根元からぱっきりと折れていた。僕の戦技に耐えられなかったのである。

【戦技】のデメリット、その2だ。やれやれ。

「…………はぁっ、はぁっ、はぁっ、やっべっ、はぁっ」

セーブポイントまではあと少し。

周囲には再びおばけキノコの群れ。

僕の剣は折れ、プリネは眠りについている。

「はぁっ、はぁっ、はぁっ、はぁっ、はぁっ……！」

予想外の出来事だった。

僕のレベルだけ上がりすぎてしまったのだ。

折れたロングソード？　を、仕方なく構える。

「……ま、いっか」

それから僕は、殺到するキノコどもを、ちぎっては投げ、斬っては捨て、再び戦車となってセーブポイントまでひた走るのであった。

「ラーくん、しゅきぃ」

そんな状況なんて知らないプリネが、背中で寝言を言っている。

愛《う》いやつめ。

ｓｓｓｓｓｓｓｓｓｓｓｓｓｓｓｓｓ

「着いた……」

第4層、森の中の湖。

絵画のように美しい光景が、僕の目の前に広がっていた。

ここがセーブポイントだ。

プリネを背負ったまま湖のほとりに膝をつき、湖面を眺める。

とても澄んだ水である。手で掬《すく》って、口を付ける。美味い。

口から喉へ、そして体の中へ心地よい清涼感が染み渡っていく。肉体から疲労が消え、体中に力がみなぎってくる。

「うおお……？」

初めて得るその快感に思わず声が漏れる。すごい、体が軽い。

マップによると、ここは『回復の泉』らしい。湖じゃなくて泉なのかって思ったが、まぁ細かいことはどうでもいい。とにかく傷は癒え、疲労は消え、毒は清められ、体力が戻り、力が溢れる。

ギルドっぽく一言で言うと、『HPが全回復した』。

脳内でステータスを呼び出す。

＝＝＝＝＝

名　前：ラーナ・プラータ
人　間：Lv??
戦　士：Lv??
HP：136
MP：0
攻撃力：??**＋2（折れたロングソード）**
防御力：??＋12＋1（初期・鎧《よろい》一式、イヤリング）
素早さ：??
技　能：鍵開けLv20、探知Lv20、追跡Lv20、マッピングLv10、隠密Lv3、宝探しLv3、剣術Lv??、鉄壁《ガード》、突撃《チャージ》、強撃《アタック》、**【新】銭投《ゼニナゲ》**。
スキル：**【呼吸】**息を吸って吐くことができる。

＝＝＝＝＝

HPが上がっている。レベルやその他ステータス値が「??」ってことは当然レベルアップしたということだろう。ギルドに戻ってステータスシートをもらえば内容がわかるはずだ。

この、新しい戦技、『銭投《ゼニナゲ》』……あまり使いたくはないな……。

まぁ今はいいや。

柔らかい草の寝心地の良さそうな場所を探して、プリネを横たわらせる。小さな魔道士は幸せそうにすやすやと眠っている。

「……えへ、えへへ、ラーくぅん、だめだよぉ、えへへ……」

何の夢を見ているのやら。

しかし、こうも気持ちよさそうに寝ていると、起こすのは忍びないな。しばらく寝かせておこう。

探知に引っかかるモンスターはいない。当然だ。ここは絶対安全のセーブポイント。

だが冒険者は他にもいるようだ。湖のほとりで同じように休んでいる四人組が、遠くに見える。パーティだろう。いちおう警戒しておくが、そう気にする必要はないか。

「……くぁ」

立ち上がって伸びをする。森の中の湖のほとり。空気がおいしい。たくさん息を吸っておこう。

深呼吸を繰り返すと、自分の体が浄化されていく感覚がある。

「そういえば……」

ふと思い立ったことをやってみる。空気を肺に入れると同時にお腹を膨らませ、息を吐くと同時にお腹をへっこませる。じっくり十秒ずつ繰り返す。

特別なことじゃない。ただの腹式呼吸だ。レベルアップにどれだけ効果があるかは定かではないが、ギルド長にいろんな呼吸法を試してみろと言われたことを思い出したのだ。初等学校の歌唱の授業でやって以来だが、うん、けっこう気持ちがいいな。

僕がすーはーすーはーやっていると、

「や、お疲れさん！」

後ろから女性の声がした。見ると、向こうにいる四人が三人になっている。パーティの中からひとりだけこっちに来たようだ。

二十代前半の女性だ。武道着を着ている。立ち姿にスキがない。相当強そうだ。

振り返って挨拶を返す。

「お疲れ様です」

「武道家のリン・ミンマオ。職業《ジョブ》レベル15。よろしく」

さっと手を差し出された。自己紹介をされて、握手を求められている、と理解するのに一秒かかった。

「あ、えっと、戦士のラーナ・プラータです」

「レベルは？」

「え、えーと、５かな？」

「あは、何それ。ステータス見なよ」

「レベルが上がったらしくて『⁉』なんです」

「そりゃおめでとう。いつ４層に来た？　ここに来る前はいくつだったの？」

「来たのは昼前です。そのときは５でした」

「じゃあ今は職業《ジョブ》レベル６だ。ここのフロアで昼前から来たんじゃ、どうやっても１しか上がらないよ」

　なるほど。そう判断するのか。

「ルーキーだね？　何日目？」

「三日目です」

「へぇ！　すごいじゃん、三日でもう第４層まで来たんだ。レベルも高いし」

「ありがとうございます」

「ギルドカードある？」

「すみません。持ってないんです」

「仕方ない。お節介かもだけど、持っておいた方がいいよ。信用になる」

「はい、わかりました」

随分とこう、『教えたがるひと』だな、と思った。ディエゴ先生とはまた違うタイプだ。

別に悪い気はしない。むしろありがたい。

「おばけキノコに噛まれなかったかい？　あいつら眠らせてくるから厄介なんだよね。まぁ攻撃力は高くないし、腕とか足とかしか噛まないから、痛みですぐ目が覚めるんだけど。私がルーキーの頃は体中キノコの歯形ばっかりになっちゃってねぇ、あはは。あ、いま想像した？」

よくしゃべる人である。

「幸い、寝たのはパートナーだけでした」

「そうなんだ。対策用の護符《アミュレット》でもつけてたの？」

「いいえ。そんなものあるんですか？」

「そりゃあるさ。睡眠耐性アップの髪飾りとか。ギルドの商店街に売ってるよ」

マジか。あとで買いに行こう。

「パーティは？　あっちの子だけ？」

と、寝ているプリネを見るリンさん。

「そうです。二人組で」

「そりゃ、ますますすごい。二人ともよっぽどいいスキルだったんだね。あるいはプレーンレベルが高いのかな。それならよく頑張ってるね」

「はぁ」

「や、ごめんごめん。ルーキーを見るとついお説教したくなっちゃうのよ、職業柄」

「えっと、武道家ってそうなんですか？」

「あはは、そうじゃなくって。私、有償でルーキーのコーチやってんのよ。今日はあいつらを鍛えに第4層まで来たってわけ」

湖のほとりで休んでいる他の三人を、親指で指すリンさん。

ん、あれ……？　あの三人……。

「みなさん、魔道士、ですよね……？」

「そうだよ。職業《ジョブ》関係なく面倒みてんの。序盤に教えなきゃいけないことって、基本的なことばかりだから、別に同じ職業じゃなくても平気なんだ」

「なるほど」

「あいつらも今年デビューだから、ひょっとして君と同い年かな。ま、みんなまだ職業レベル2とか3だけどね。なんとか今週中に、全員『アイスピックル』くらいまでは覚えさせたいんだけど」

さっきプリネがレッドトードを倒した魔法だ。

「君たちも一緒に行く？　パーティ組めないから、お安くしとくよ？」

「あはは、いえ、僕たちは……」

「あらそう。残念。君たちみたいな強い同年代がいると、いい刺激になるんだけど。あっちの子も相当強いんでしょ？」

「職業《ジョブ》レベル15の武道家さんに比べたら子供ですよ」

「三日目で職業レベル5なんざ天才だよ、君。魔法の一発でも見せてくれると嬉しいんだけど」

「魔法ですか……」

悩みつつプリネの方を見ると、どうやらちょうど起きたようで、辺りをきょろきょろ見渡していた。

「おはよ、プリネ」

「あ、ラーくんおはよー。あれ、私……はっ！　きのこさん倒さなきゃ！　……魔の粒子よ、薙《な》ぎ払え。閃煌線《パイロ・レイ》！」

ずどーん。

「あっぶねぇ！　どこに撃ってんだお前！」

「はわぁぁ！　間違えた、ごめんなさい！」

湖の上をぶっ飛んでいく閃光《せんこう》。

向こうにいる魔道士三人が、唖然《あぜん》とした顔で僕らを振り返った。

「んー」

と何やら考えるリンさん。ぱん、と両手を合わせて僕らに向かって拝む。

「もう一回やってみせてくれない？　あいつらの前で」

第八話　ギルド図書館に住む大魔導師

自分が足手まといだと感じたのは、ダンジョンに潜ってすぐのことだ。

いつも私は彼に守られていた。彼と一緒にいるとなんでもできるような気がしたし、実際なんでもできた。

迷惑しているお友達にちゃんと『嫌だ』ってことを伝えられたし、私みたいなのがギルドの冒険者にもなれたし、ダンジョンに潜って、魔法を撃って、モンスターを倒すことすらできた。

信じられない。

奇跡みたいだ。

絶対にひとりじゃこんなことできない。

彼がいないと私は、ひとりで外を歩くことすらままならない。おどおどびくびくしているせいで、いつも誰かの気に障ってしまい、絡まれる。

内弁慶……とは少し違うのかもしれないけれど、彼は私にとって『お家』みたいなのだ。そばにいると安心して、自信が持てて、思い切りがついて、なんでもできる。

私には恵まれたスキルがあるという。でも、そんなの関係ない。

ひとりでは、何もできないのだから。

私は眠らされて、攫《さら》われた。そのせいで彼は命の危機に陥った。

私を助けるために命を懸けてくれたのだ。本当は、メアリーちゃんのためにこそ懸けるべきなのに。

私は何もできなかった。

逃げ出すことすらできなかった。

これ以上、彼に迷惑をかけたくなかった。

だから私は……。

SSSSSSSSSSSSSSSSSS

「魔法の勉強がしたいんです」

二日目。お夕飯のあと、ラーくんと一緒にギルドへ行った。

ラーくんが職員さんに『初心者狩り』について報告しに行っているあいだ、アンナさんは私に付き添っていてくれた。

絶好の機会だったので、私はさっきの言葉を告げたのだ。

「勉強がしたい？」

聞き返すアンナさんに私は頷いた。

「少しでも、ラーくんに追いつきたいんです。その……」

見捨てられないために。

　メアリーちゃんを助けたい。でも同じくらい、彼に見捨てられたくない。

　私は卑怯《ひきょう》だ。パーティを解散した方がいいのかもしれないっていうのはわかる。でも私は彼がいないと生きていけないから、そんなことできない。『家』をなくしたら、私は寒くて死んでしまう。

「あの、魔道士は将来、学者や研究者になるひとが多いって聞きました。それって、つまり、学問や研究が魔法と地続きだってこと……ですよね？」

「その通り、だけど……」

　目を瞬かせるアンナさん。

　歯切れの悪い回答に、私は不安になる。

「……ダメでしょうか？」

　するとアンナさんは慌てて、「違うの」と言った。

「びっくりしたの！　どうして知ってるんだろうって！　魔道士にとって、モンスターを倒したり、ギルドの依頼をこなして経験値を稼ぐことは、直接レベルアップに繋がるわ。でも魔法の知識を深められれば、その経験値はより貯まりやすくなるし、魔法も覚えやすくなるの！」

　私の手を掴むアンナさん。

「誰に聞いたの⁉　それはまさに伝統的な魔道士の修行方法よ！　一日中スライムや大ナメク

ジをぶちぶち倒して回る魔道士もいるけど、そんなのよりよっぽど効率的！　教えてくれたお師匠さんでもいるのかしら？」

「い、いえ、ただ、そうかなって思っただけで……」

「まさか！　自分で辿り着いたのね⁉　誰に習ったわけでもなく、最適な手段を見つけたのね！　すごいわプリネちゃん。その歳で『自分が何をすべきか』を正確に把握《はあく》している子なんて、滅多にいないわ」

「えと、私はただ、ラーくんの……」

「動機はなんでもいいの。目的があって、そこに至る最適の手段を『考える力』があるなら、きっとあなたは何にだってなれるわ！」

「そ、そんな……」

「任せてプリネちゃん。あなたが導き出した『最短ルート』の正しさを、私も一緒に証明してあげる。だいたい世の魔道士さんたちは、もっと勉強すべきなのよ。派手な魔法をぶっ放すことしか頭にないんだから……って、これ内緒ね♪」

それからアンナさんは、ギルド内の図書館に案内してくれた。

「魔法なら、ここね。基礎知識やら応用理論やら、山ほど資料があるわ」

アンナさんの言う通り、それは本の山だった。背の低い私は埋もれてしまいそうだ。

「すごい……すごいすごい、すごいですアンナさんっ！　本がこーんなにたくさんっ！　私、

嬉しくって死んじゃいそうですっ！」

ここにあるすべての書物は、私の糧《かて》になる。ここでほこりをかぶっているすべての書物が、私をラーくんのそばに置かせてくれる力になる。

なんて素晴らしいんだろう。

とりあえず魔法関係の棚を一周してみて、それっぽいのを片っ端から手に取ってみる。

「これと、これ……。これは……まだ先、かな……」

良さそうなものを見繕《みつくろ》い、司書さんに言って貸出を希望する。ギルド登録している私は、ステータスシートに貸出記録が載るらしい。私の勉強した証が、シートにも載るということだ。

気合が入ってきた。

私は小さな声で「おー！」と手を挙げる。

泊まっている宿屋に戻り、『初心者狩り』さんが来るのを隣の部屋で待つ。見事やっつけたラーくんは、やっぱりすごくてカッコいい。思わず抱きついてしまった。

ラーくんに本を見せたら「さすがプリネだ！」って褒めてくれた。嬉しい。頑張ろう。

彼は私が『大魔導師《ソーサラー・キング》』になると信じて疑わない。

それどころか、私が『大魔導師《ソーサラー・キング》』になることを見越して、職業《ジョブ》選択をしている。上級魔法は、そもそも習得する気がないようだ。

だから、そこは私が補う。

私にはラーくんみたいに、一日でレベルがいくつも上がるようなスキルはない。特別な修行方法も知らない。私にできることは、コツコツ努力を積み重ねていくだけ。

それでも、私は諦めない。

私は、『大魔導師《ソーサラー・キング》』になる女だからだ。

第九話　功気《こうき》呼吸法《こきゅうほう》とベテラン鍛冶《かじ》職人見習い・エレナ

攻略三日目。

第4層。

セーブポイント『回復の泉』。

「ではこれより、ダンジョン三日目で職業《ジョブ》レベル5の天才美少女魔道士、プリネちゃんが魔法を見せてくれます。拍手ー！」

ぱちぱちぱちぱちぱちぱちぱちぱちぱちぱち！

リンさんがプリネを紹介する。僕はその隣に立っていて、僕らの前には同い年の魔道士三人が座って拍手をしている。生まれた月も場所も違うせいか、知ってる顔はひとりもいない。けれどみんな、期待に瞳を輝かせていた。

「三日目で職業レベル5ってすげぇなぁ。それにしても……かわ、可愛いな……」

「閃煌線《パイロ・レイ》って職業レベル7で覚える魔法じゃなかったっけ？　ていうか、あんな可愛い子、同い年でいたっけ？　不覚だったわー」

「本当に天才なんだ。どんなスキルなんだろ。あんなに可愛いのに……天は二物を与える……」

邪《よこしま》な色にも瞳を輝かせていた。

一方、緊張しやすいプリネは、全員の視線を浴びて、おどおどしてしまっている。

しかしこれは、こいつに自信を与えるチャンス。センスもスキルも実力もあるのにイマイチ活かせてないのは自信がないからだ、と僕は思う。

「ラーくぅん……！」

涙目でこちらを見るプリネ。僕はいつも通りに励ます。

「お前ならできるよ。いつも通りに撃てばいいんだって」

「でも……こんなに見られながらなんてぇ……」

「大丈夫だって。終わったらまた買い物行こうな」

睡眠耐性の護符《アミュレット》を買わないとな。

「ほんと⁉ ………わかった。頑張る。できる。私はできる。私はいつか……」

ぐっ、と短杖を握りしめるプリネ。

先端を湖の上に向けて、

「魔の粒子よ、薙《な》ぎ払え！ 閃煌線《パイロ・レイ》‼」

魔法が放たれた。赤い炎の光線がまっすぐ湖へ伸びていき……あれ、ちょっと向きが下すぎない？

どっぱぁぁぁぁぁん！

勢いよく伸びていった光は、湖面に着弾して、派手な爆発を起こした。水蒸気爆発だ。おいおい。

見上げるほどの巨大な水柱が立って、ほとりに降り注ぐ。

ざぁああああああああああ。

回復の泉の雨を浴びる僕たち。

「…………わぁお」

「はわぁぁああ！　ごめんなさいぃいい！」

「あはははははは！　すごいすごい！　やるねぇ、プリネちゃん！」

「「すっげー！！！」」

プリネはひたすら謝っているが、リンさんたちは大満足のようだ。まぁ良かった。

魔法の炎じゃ森は燃えないけど、泉は爆発する。

今日はこれだけでも覚えて帰ろうと思った僕であった。


「お礼にいいものを教えてあげよう」

挨拶を終えて、僕たちが帰ろうとすると、リンさんがそう言った。

「いいもの？」

「君、さっき深呼吸と腹式呼吸してたじゃない？　それで思い出したのさ」

「はぁ」

「武道家の呼吸法——『功気呼吸法《こうきこきゅうほう》』。これができるようになると、【武技】の威力がアップする」

【武技】とは武道家の戦闘用技能のことだ。戦技の武道家バージョンといったところか。

「そんな呼吸法があるんですか」

「いいかい、ちょっとお腹を拝借」

僕の下腹あたりに手を当てるリンさん。プリネが心配そうにハラハラと見ている。

「君、【戦技】鉄壁《ガード》は使えるね？」

「ええまぁ……ってまさか」

「じゃ、行くよ。……はい、鉄壁《ガード》！」

——【戦技】鉄壁《ガード》！

言われるがままに、戦技を発動。

防御力を一時的に大幅アップする、前衛にぴったりの技だ。

同時に、

「——【武技】功気掌《こうきしょう》！」

ずどんっ！

ガードした僕の下腹部を、とんでもない熱と衝撃が襲った。軽く体が浮かび上がる。

「ごばっ？」

痛くはない。【戦技】鉄壁《ガード》のおかげでダメージはないが。この衝撃は……。

放ったリンさんが、ウィンクした。

「これが【武技】よ。HPを代償に、敵へ大ダメージを与える気功の技。手加減したし鉄壁《ガード》の上だから、君へのダメージはないと思うけど。で、いまお腹が熱いでしょ。そこに吹き込むように息を吸って。そしてゆっくりと吐く」

すううううう……。

はぁぁぁぁぁぁぁぁぁぁぁぁぁぁぁ…………。

おや？

「なんか、体が温かくなってきました。お腹の下に、熱が渦を巻いているような感覚があります」

「おお、すごいね。もうコツを掴んだんだ。そう、それが『功気呼吸法《こうきこきゅうほう》』。覚えとくといいよ。疲労回復の効果もあるし、それができないと武道家レベル10を超えられない」

「『功気呼吸法《こうきこきゅうほう》』……って、あの、僕、戦士なんですけど……」

「裏技を使えば、一週間以内なら職業《ジョブ》変えられるよ？　経験値消えるけど。それで武道家になっちゃいなよ！」

「いやですよ。……でも、いつか転職したら使わせてもらいます」

「あはは。転職ね。いいね、ルーキーらしくて。夢がある！」

実はもう、一度転職済みなんだけども。

試しに功気呼吸法《こうきこきゅうほう》をもう一度やってみた。おお、なんかパワーが集まってくる感覚がする。

「一度、呼吸法のコツを掴んでしまえば何度でも使えるわ。【武技】はコツを教えるためにやっただけだから」

「そうだったんですか」

てっきりシメられるのかと。

「もし武道家になったら私のところにおいで。使える狩場からいい武器防具屋まで、なんでも教えてあげるよ！」

そう言って、リンさんと彼女率いるパーティは、再び森へ戻っていった。キノコ狩りへ行くらしい。あいつら仲間を呼ぶから、経験値稼ぎにぴったりなんだろうな。

「じゃ、僕たちも戻るか」

「はーい！」

みんなの前で魔法を撃って少し自信を付けたプリネが、元気よく手を挙げた。

いったんギルド商店街に戻って、武器と護符《アミュレット》を買わなきゃな。

ＳＳＳＳＳＳＳＳＳＳＳＳ

　というわけで、武器屋にやってきたのだが。

「戦士レベル10以上の【戦技】に耐えられる剣……となりますと、これくらいしか」

　渋い表情の店員さんが見せてくれたのは、べらぼーに値段の高い立派な剣。

　とてもじゃないけど、手持ちのお金じゃ買えない。

　待ってくれ。戦士ってのは、こんなにお金がかかる職業《ジョブ》なのですか？

　僕がそう尋ねると、

「そうですねぇ。戦士の方は職業レベル10ともなりますと、皆さまたいていはダンジョンで手に入れた武器や、ドロップアイテムを加工して、オリジナルの武器をお創りになられているようですね」

「ショップとしてそれはいいんですか？」

「あはは。当店は【戦技】を使わないお客様や、予備武器《サブアーム》としてご利用になられるお客様に、重宝されておりますので」

「あぁ、なるほど」

　それならば、と僕はお手頃価格のショートソードを買うことにした。

「はい。こちらのショートソードですね？　予備としてお使いで？　ではもう一本お付けしましょう。サービスです」

　宿屋のせがれとして――同じ客商売の人間として思う。

「いいお店ですね。また来ます」

「ありがとうございました」

武器屋を出た。途方に暮れた。

「さて、困った」

「ラーくん、どうするの？　戦技なしで頑張る？」

「頑張れないこともないけどなぁ。つまんないし、心もとない」

「ラーくんは楽しさ重視だもんね」

「メアリーの命がいちばん重要だよ」

「それは知ってるよぉ」

「どうしようかなぁ……」

とりあえず護符《アミュレット》を買いに歩く。

と、鍛冶屋《かじ》が目に入った。

「ドロップアイテムか……」

なんか忘れてる気がする、と思いながらも鍛冶屋《かじ》の前を通り過ぎようとしたとき。

ばたぁん！

勢いよく扉が開け放たれ、中から若い女性が飛び出してきた。

「うっせークソジジイ！　もう二度と帰ってこねぇからな‼」

美人なのに口調がやんちゃすぎて台無しだ。

しかしそれよりも——耳。

耳がとがっている。

美人が僕たちを見た。

「あん、なんだお前ら。ウチの工房に用事でもあんのか？」

「あ、いえ……」

「やめとけやめとけ、こんな性根の腐った鍛冶屋《かじ》。剣が曲がっちまうぞ」

お知り合いなのでは……？　むしろ二度と帰ってこないって言ってたし、ご自宅なのでは
……？

呆然としていると、美人エルフ？　は、ぴーん、と閃《ひらめ》いたみたいな顔をして、

「なんだったらオレが打ってやるよ！　ついてきな！」

「え？」

「鍛冶屋《かじ》に用事があんだろ？」

「えーと……」

なんだろう、何かが引っかかる。耳……エルフ……オーク……ゴブリン……。

「「あっ！」」

僕とプリネは同時に声を上げた。お互いに指をさす。

「ホブゴブリンの手斧！」

「あれを加工してもらえば！」

「なんだよ、素材があるんじゃねぇか。なら任せときな！」

発言を聞いて、美人エルフ？　は僕たち二人の手を取ってさっさと歩き出してしまう。

「いや、僕たちは……」

「言っとくけど、普通の鍛冶《かじ》屋に加工を依頼したら、これくらいは取られるからな」

示された金額は、さっき武器屋で見た剣のそれより、一桁多かった。マジすか。

「でもオレにやらせてくれるなら、タダでいい」

「怪しすぎるんですけど……」

「修行中だからな。カネを取るわけにはいかねーんだ。安心しろ。腕は確かだ」

自分で言っちゃうんだ……。

「おっと。オレはエレナ。エレナ・バルタチャだ。修行歴三十年のベテラン鍛冶《かじ》職人見習いだ。よろしくな」

なにそのよくわからない経歴。

「歳は十六歳だ」

「……修行歴三十年って」

「十六歳だ。黙れ」

どうしよう。帰りたい。

ssssssssssssssss

商店街の端っこの端っこにある、小さな工房に招かれた僕とプリネ。

いつでも逃げられるように、出入り口の近くの椅子にちょこんと座っている。

「なに隅っこ座ってんだよ。こっちこい、こっち！」

ぶんぶん手を振るエレナさん。

仕方なく僕らは工房の真ん中あたりに椅子を持って来て座り直す。

工房の奥には、それなりに大きい炉がある。

エレナさんがその炉に火を入れながら、僕らに訊いた。

「お前ら、名前は？」

言いたくないなぁ。

「……ラーナです」

「……プリネです」

「そう警戒すんなよ。ギルドカード見せろや」

なんだろうこのカツアゲ感……。

「どうぞ……」

僕のギルドカードを見せた。
商店街に来る前にギルドに寄って作ってきたのだ。

＝＝＝＝＝
名　前：ラーナ・プラータ
戦　士：Lv10

HP：136
MP：0
攻撃力：83＋2（折れたロングソード）
防御力：83＋12＋1（初期・鎧《よろい》一式、イヤリング）
スキル系統：身体強化
ダンジョン攻略：三日
＝＝＝＝＝

「ふうん。ラーナ・プラータ。職業《ジョブ》レベル10……。ダンジョン攻略……三日ぁ!?　三日でレベル10!?」
「はい、まぁ」

「はっ……やるじゃねぇかお前。いいぜ。オレが剣を打つ相手にしては十分だ」

「はぁ……」

「煮え切らねぇなぁ！　そんなにオレが信用できねぇのか⁉」

「いや……正直言って、会って間もないひとを、信用なんてできませんよ」

強引に連れて来られたし。

「けっ。それもそうか。じゃあどうすっかなぁ。オレの身の上話なんかしても仕方ねーし……」

「エルフなんですか？」

「っていきなり身の上話を振ってきやがったなお前。なかなかやるじゃねぇか」

「すいません。気になって」

「ハーフエルフだ。オヤジが人間で、お袋がエルフ。ただ……お袋の方は、オレが物心つく前にエルフの里に連れ戻されちまってな。顔も知らねぇ」

「そうだったんですか。すみません……」

「いいってことよ」

炉の火を確かめながら、エレナさんは言う。

「いつかエルフの里に行くのがオレの夢なんだ」

「お母さんに会いに行くんですね」

「おうよ。エルフの里をぶっ潰しに行くんだ」

なるほど。話が微妙にかみ合わない。こんなひとに頼んでも大丈夫だろうか。

そりゃ、タダなのは助かる。これからも転職するつもりだから、なるべくお金は取っておきたい。とはいえ、タダより高いものはない、ともいうし……。

ちなみに人見知りのプリネは、隣でかちんこちんに固まっている。放っておいてあげよう。

「ハーフエルフだから、修行歴三十年もあるのにお若いんですね」

「歳は十六だからな」

「オヤジさんが師匠ですか？」

「まぁな。あの頑固オヤジ、オレがいくら腕を上げても、独立させてくれねぇ。『女に務まる仕事じゃねぇ』っつってな。女の鍛冶《かじ》職人なんざ、吐いて捨てるほどいるっつーの」

「それで見習いなんですね」

「そもそもオヤジができねぇような魔法関係の鍛冶《かじ》は、オレがやるしかねーっつーのに……。ああクソ、思い出したらまたムカついてきた！」

がぁん！　とその辺にあった箱を蹴っ飛ばすエレナさん。

プリネがびくっとした。大丈夫だからな、と小声で言いながら手を握ってやる。

「んで、ホブゴブリンの手斧があんだろ？　どこだ？」

「え、持って来てないですけど」

「持ってねぇのかよ！　何しに来たんだよ！」

「あんたが勝手に連れてきたんだろ、いい加減にしろ！」

しばし睨み合う僕とエレナさん。

むぅ、と彼女は唸った。

「言われてみりゃそうだな。悪かった」

「いえ、こちらこそ、怒鳴ってすみません」

短気だが理屈は通るようだ。良かった、かろうじて話は通じる。

プリネは泣きそうになっているけども。

「じゃあ、持ってくるか？」

「それなんですけど、本当にタダでいいんですか？」

「しつけーなー。修行中だって言ってんだろ」

「じゃあどうやって生活を？」

「鍛冶《かじ》以外だよ。工芸品《アーティファクト》やら護符《アミュレット》やら作って売ってんの。冒険者向けのな」

意外である。

「意外そうな顔すんなコラ。繊細な仕事ができねぇとでも思ってんのかタコ。こっちはハーフとはいえエルフだぞ」

「じゃあ、それを買います」

「良くありません。僕の先生が言っていました。対価と報酬はきっちりしろ、と」

「あぁ？　別にいいって」

「お前の仁義の問題ってことか？」

「仁義……。ええ、まぁそうです」

「それなら仕方ねぇな。で、どんなのがいいんだ？」

しばし考えて、

「あ、やっぱりやめます」

「やめんのかよ‼」

「その代わり、そこの剣を一本買わせてください。いくらですか？」

「……ありゃオレの練習で作った剣だから……値段をつけるほどじゃねぇよ」

「じゃあこんなもんでいいですか？」

と、財布からお金を出して渡す。

ロングソードが三本くらい買える金額だが、さっきのお高い剣よりは遥かに安い。

「ちょっともらいすぎだな」

「いまからこれを折ります」

「喧嘩《けんか》売ってんのかてめぇ⁉」

エレナさんがキレた。当たり前だ。僕は真相を話す。

「僕は【戦技】に耐えられる剣が欲しいんです。あなたの腕を知りたい」

「だったら始めっからそう言えタコ！」

それもそうだ。

「ごめんなさい」

「ったく、オレも人のこと言えねぇけど、お前もけっこう失礼な奴だな」

「エレナさんが失礼だったんで、つい」

「そういうのは心のうちに収めとこ？　な？」

さて。

「【戦技】、試してみてもいいですか？」

「構わねぇよ。的《マト》はこいつでいいか？」

奥から鉄のガラクタを引っ張り出してきて、工房の真ん中に置くエレナさん。

「その剣は鋼鉄製。このガラクタは鉄の塊。強度はもちろん鋼鉄が上だ。なら、斬れるはずだな。オレとお前の腕が良ければ、な」

僕は頷くと、そのまま剣を振り上げた。

「ではいきます」

すぅ、はぁ。

――【戦技】強撃《アタック》！

突進技の突撃《チャージ》ではなく、その場で強力な一撃を放つ強撃《アタック》を発動させた。

僕の体が光に包まれる。一瞬後、鋭く振り下ろされたエレナさんの剣は……。

きぃぃぃぃいいいいいん！

見事、鉄の塊を断ち切った。

硬直時間を終えて、僕は剣を見る。折れてはいない。だが、
ひびが入っていた。次で折れるだろう。

「……ふん。練習用っつったろ」

「いえ、練習用で、しかも鋼鉄製でこれなら……」

「合格か？ けっ。釈然としねぇな」

「試すような真似をしてすみません」

「テンプレな謝罪はいらねーよ。とっととホブの手斧を持ってきな」

「はい」

ここに来てから一言も喋《しゃべ》っていないプリネを連れて、僕は工房を出る。

その直前、

「おい」

背中に声がかけられた。

「お前の武器を鍛えるうえで、聞き忘れてたことがある」

「なんでしょう？」

「お前らは何でダンジョンに潜ってんだ？　金か？　名誉か？　それともバトルジャンキー？」

少し、黙る。一か月前の僕なら、ギルド長への憧れを口にしていたことだろう。無邪気にダンジョンへ挑む冒険者だったはずだ。

しかし今は違う。

あいつが全てを変えてしまった。

「僕には妹がいます」

話し始めた僕のことを、プリネがじっと見つめる。大丈夫。大丈夫だ。

「けれど眠らされてしまったんです……『北の魔女』によって」

僕はエレナさんに事情を話した。


数分後。

そこには、ひっくひっくとしゃくりあげるエレナさんの姿が。

「なるほどな……ひっく！　眠っちまった妹さんを助けるために……えっぐ！　ダンジョンの最下層へ……ふぇっぐ！」

酔っぱらっているわけではない。

僕の事情を話したら、感極まって泣いてしまったのだ。義理人情に弱いのかもしれない。そういうところは何となく鍛冶《かじ》職人っぽい。

「そうか……。そりゃ強い武器が必要だよな！　よっしゃ、オレに任せとけ！」

「はぁ、ありがとうございます」

ちーん、と鼻をかむエレナさん。美人が台無しである。

ぽい、とその辺に布きれを投げて、

「……でもよ？」

と疑問を呈した。

「その割にお前ら、楽しそうだよな？　余裕っつーか」

「あー」

同じことを、ギルドのアンナさんにも言われたことがある。

「なんでそんなに冷静なんだ？　一年以内に潜らねぇと、妹が死ぬんだろ？　もうちょっとこう、焦りとかねーのか？」

うーん、と僕はどう話すべきか考える。

が、結局、ひとの言葉を借りることにした。

「真剣であることと楽しむことは矛盾しない、と僕の先生が言ってました」

「……ほう？」

面白そうに眉を上げるエレナさん。僕は続ける。

「焦って上手くいくなら、苦労しません。無理して成功するなら無理しますけど、たいてい失敗します。だから、『急がば回れ』です。『焦る』と『急ぐ』は違うんです」

たぶんメアリーも、僕と同じことを思っているはずだ。「お兄ちゃん！　焦らなくていいから急いで私を助けて！」って。

「それも先生か？」

「はい」

「なるほどね……」

エレナさんはしばらく虚空《こくう》を眺めた後、

「……いい先生だな」

ぽつりとつぶやいた。

「はい」

「お前も、いい腕だったぜ。さすが職業《ジョブ》レベル10の戦士サマだ」

「どうも」

「聞きたいことは聞けた。ホブゴブリンの手斧を持って来てくれ。最高の剣を鍛えてやる」

そう頷くエレナさんは、僕にはすでに、一人前の鍛冶《かじ》職人のように見えた。

ＳＳＳＳＳＳＳＳＳＳＳＳＳＳＳＳＳＳＳＳＳ

工房が見えなくなるまで歩いてから、ようやくプリネが息を吐いた。

「はぁ……緊張したぁ……」

「はは。ちょっと怖いひとだったな」

「びっくりしたよー。いきなり喧嘩《けんか》になるんだもん」

「喧嘩《けんか》じゃないって。ちょっと怒鳴り合っただけ」

「じゅうぶん喧嘩《けんか》だよー。はぁ、怖かったぁ」

商店街を抜けて、宿屋街へ入る。

「プリネ、僕は手斧を持っていくけど、お前はどうする？　図書館行くか？」

「うーん。そうしようかなぁ。あそこなら一人でもいられるし」

「わかった。じゃあまた宿で」

「はーい！　ラーくん、喧嘩《けんか》しちゃだめだよ？」

「しないって」

プリネが図書館へ行くのを見送った僕は、宿の自室からホブゴブリンの手斧を持って、再びエレナさんの工房へ赴《おもむ》いた。

ＳＳＳＳＳＳＳＳＳＳＳＳＳＳＳＳＳＳＳＳ
彼女は僕の注文を聞いて、開口一番にこう言った。

「お前バカだろ」

「あんたに言われたくない」

「んだとコラ」

「なんですかコラ」

「ロングソードを鍛えてほしいっつったなタコ」

「言いましたよ聞こえなかったんですかタコ」

「これ見ろやボケ」

「見てるわアホ」

手斧。

ホブゴブリンの手斧。

うん。小さいね。こう、刃の部分がね。「手斧」だもんね。

「足りるわけねーだろ、このヴァアアアアアアカ！」

ぐぬぬ……。

本当だよ、なんで気付かなかったんだ僕の馬鹿……。

「すみませんでした」

「おう。これじゃ、せいぜいショートソードだぜ？」

「ロングソードが欲しいんです」

「わかってらぁ。こうなったら仕方ねぇ」

と、なにやらごそごそ箱を漁《あさ》り始めたエレナさん。

「まさかそこに素材が⁉」

「あるわけねーだろ。ホレ」

「これは……ツルハシ？　と、背負うような籠《かご》？」

「この手斧に使われている素材は『エルトラ鉱石』ってシロモノだ。足りねー分は、それで補えばいい」

まさか？

「掘ってこい。第4層にあるはずだ。この籠いっぱいになるくらいな」

そのまさかだった。

ラーナ・プラータ、戦士レベル10。

最強の【呼吸】スキルを持つ男。

これより採取クエストに行ってきます。

第十話　打算的な付き合い

僕にツルハシと籠を持たせて、エレナさんは言う。

「待ってろ。いま誘導石を作ってやっから」

「誘導石？」

「ダンジョンの特殊な鉱石は、同じ鉱石を持っていくとその在処《ありか》へ誘導する性質を持ってんだよ」

「つまり、誘導石を持っていれば、どこにエルトラ鉱石があるのかわかる、と」

「そういうこった。シーフの知り合いはいるか？　マッピング持ってるやつがいたら、手伝ってもらえ。地図上に表示されるから」

「えーと、います。はい。マッピングですね。わかりました」

知り合いっていうか、僕のことだけど。まさか攻略二日目でシーフから転職したとは思うまい。

エレナさんは慣れた手つきでホブの手斧を解体。鉱石の部分を炉に突っ込んで、作業を開始した。

流れるように進めていく。洗練されたその所作は実に美しい。

ドロドロに溶けたエルトラ鉱石を、少量だけ小さな容器に移していく最中。

「……一つ、聞きてぇんだけどよ」

エレナさんが口を開いた。

「お前はそうとう腕が立つんだよな。さすがオレが目を付けただけのことはあるってものだ」

「さりげなく自分を立てるの上手いですね」

「けど、プリネはどうもそうは見えねぇ。あいつは冒険者向きじゃねぇよ。部屋で本でも読んでるのが似合ってる」

「まぁ、そこは同意です」

「じゃあ、なんでお前は一人で行かねぇんだ？　ハッキリ言って足手まといだろ、プリネは」

なんでと言われても……。どこから説明したらよいのやら……。

そもそも僕は、上級職の魔法を覚えられないだろうと思っている。

すべての基本職を経験したら、戦士系の上級職へ行くつもりだからだ。

上級職から上級職への転職ができるかどうかわからない以上、そうすることがダンジョン攻略への最短ルートだと思う。

上級職にしか使えない上級魔法は、僕には覚えられない。

そんなとき、必要なのは仲間だ。

自分の不得意分野を補ってくれるような仲間。ともに力を合わせてダンジョンを攻略していく仲間。

　そういう存在が必要になるはずだ。

　僕は言った。

「プリネは、大魔導師《ソーサラー・キング》になります」

　手を止めて、僕を見るエレナさん。

「は？」

　僕は繰り返す。

「あいつは、大魔導師《ソーサラー・キング》になります」

「大魔導師《ソーサラー・キング》って……魔道士の上級職の、あの大魔導師《ソーサラー・キング》か？　こと攻撃魔法に関しては最強だっていう、あの？」

「はい。これは信じてるとかじゃなくて、絶対にそうなるんです」

「……なんでわかるんだよ」

「あいつを見てればわかります。プリネは基本的には一人じゃ何にもできないやつだけど、何かに集中するとものすごい結果を出すんです。大人に混じって受けた王都の学術試験で、総合一位を取ったことだってある。まだ六歳だったのに」

「勉強と魔法は違うだろ……」

「違うかも知れません。でも、一度目標を決めたあいつは、自分の『育て方』を間違えない。

あいつが大魔導師《ソーサラー・キング》になるって決めたら、それはもう絶対にそうなるんです。スキルがどうとか関係ない」

「いや、言ってること矛盾してねーか？　一人じゃ何にもできねーんだろ？　だから足手まといで……」

「一人じゃ何にもできません。僕が……自分で言うのはおこがましいんですけど、僕が側にいないと何にもできないんです、あいつ」

「だったら」

「そう。だったら『僕が側にいればいい』。あいつを守る『家』になって、自信を与えてやればいいんです。それだけで、あいつは大魔導師《ソーサラー・キング》になってくれる。必ず僕を助けてくれる」

「なんだそりゃ……？」

「僕は戦士系の上級職を目指します。僕一人なら、たぶん一か月もかからない。でもそれだと、おそらく僕は詰みます。一緒に育つ仲間がいないと……いえ、最強の魔道士が一緒にいないと、このダンジョンは攻略できない……と思います」

「……ほかに見つけりゃいいじゃねぇか。お前が上級職になったときに」

「あいつ以上の才能がある魔道士なんて、いるわけないじゃないですか」

「ダンジョンは広いぜ」

「金の卵がいまにも孵化《ふか》しそうなのに、それを放っておいて自分だけ餌を探しに飛び回るなんて馬鹿な真似、僕にはできませんよ」

だから、と僕は言う。

「だから『僕がプリネを育てる』ことが、前人未踏の領域に到達する『最短ルート』なんです。プリネを一人にするとあいつは死ぬし、プリネが死ぬと僕も妹を救えません。急がば回れなんです。周りで見ているひとたちは、きっとヤキモキしてるんでしょうけどね」

工房に沈黙が落ちた。

「話はわかったよ。でもよぉ」

エレナさんが、作業を進めながらぼやく。

「ずいぶん打算的な付き合いなんだな、お前ら」

エレナさんの素直な感想に、笑ってしまった。

「こんなのは、ただの理由付けです」

「は？」

「そりゃもちろん、ダンジョン攻略のためにプリネを育ててるっていうのはあります。でも、あいつと一緒にいる一番の理由は、僕が……」

ｓｓｓｓｓｓｓｓｓｓｓｓｓｓｓｓｓｓ

エレナさんから『エルトラ誘導石』をもらった。

アーモンドくらいの小さな宝石だ。こいつを手の上に乗せて動かすと、エルトラ鉱石がある方向を向いたときに光り出すらしい。

ついでに、エレナさん謹製《きんせい》の工芸品《アーティファクト》と護符《アミュレット》もいくつか手に入れた。ダンジョン攻略がちょっとだけ楽になりそうだ。

宿屋に戻ると、プリネが机にかじりついて熱心に魔導書を読んでいた。エレナさんの言う通り、部屋で本を読むのが本当に似合う。

「プリネー？」

「……ぶつぶつ」

「プリネさーん？」

「……そっか、これがこうで、なぁんだ」

「プーリーネーさーん？」

本に夢中で僕の存在にぜんぜん気付かないので、強硬手段に出る。頭に手を置いた。

「わひゃあ!? あっ、ラーくん！　おかえりなさい！」

「ただいま。悪いな邪魔して」

「いいよ。そろそろ休憩しようかなぁって思ってたから」

僕は隣に積んである魔導書の束を見た。

「すげぇ借りてきたな」

「これは返すやつだよー。もう読み終わったの」

「マジかよ！　もう読んだのか⁉」

「あはは。けっこう同じことが書いてあるんだよね、こういうのって。角度が違うだけなの。だからするするーって読めちゃって」

「よくわかんねーけど、お前がすごいのはわかった」

「えへへー。すごくないよー」

にへら、と笑うプリネ。可愛い。

「ラーくん、剣はできたの？」

「それがさぁ、素材が足りなくてさぁ」

「えぇ⁉　じゃあどうするの？」

「掘りに行く。今日はもう遅いから明日な。一緒に来てくれ」

「もっちろん！」

「これお土産な。エレナさんの護符《アミュレット》」

と、睡眠耐性アップ効果のある、花の意匠の髪飾りを渡す。

あのひと口調はヤンキーなのに、こういうのは本当に繊細に作れるのが意外だ。

「くれるの⁉　やったー！　ありがとうラーくん！　大切にするね！」

さっそく着けるプリネ。

つややかな黒髪に、大きくて真っ白な一輪の花が咲いた。黒と白のコントラストが目に鮮やかだ。

「ど、どう、かな……？」

おずおずと尋ねてくるプリネに、僕は真顔で答えた。

「死ぬほど可愛い」

「ほんと!? ありがとラーくん大好きっ！」

ひし、と抱きついてくるプリネの頭をなでる。

「じゃメシ食いに行こうぜ」

「はーい！ ごはんーごはんー♪」

すすす、と移動し、抱きついていた自分の腕を、今度は僕の腕に絡ませるプリネ。僕の体の上を這っていく、大きな胸と柔らかい体温。とても心地よい。

部屋を出て、僕らは宿屋街の先にある、酒場街《飲み屋》へ足を向けた。

酒場『星の皿』亭。

酒ジョッキと料理皿と騒ぎ声が飛び交う店内の隅っこで、僕とプリネはお夕飯。

氷結魔法で凍らされて海の国から運ばれてきた生魚をつつきながら、どんぶり一杯のご飯を食べる。

スクの国はダンジョンだけでなく、ご飯が美味しいことでも有名だ。他の国じゃあ、魚はおろか白米だって食べられない。

それもそのはず、現在の女王様であるウルスクク様が、遥か東洋の国から献上されたお米をたいそう気に入って、わざわざ作らせたのだ。女王万歳。稲作万歳。

プリネは麦パンを小さくちぎって、ちびちびと食べている。これとかぼちゃのスープがあればいいんだそうだ。

スープを口に運ぶたび、目の前のプリネの表情が幸せそうにほころぶ。

それを見て僕はほっこりする。

——なんでそんなに冷静でいられるの？

アンナさんからもエレナさんからもそう聞かれた。

馬鹿言っちゃいけない、と僕は思う。

誰が冷静なものか。

妹が寝たきりで、一年以内に死ぬかもしれない。女王様から賜《たまわ》ったスキルはおよそ最強で、ギルドからの期待も大きい。

かといって無理をすれば、あっさりダンジョンに殺される。そうなれば父さんと母さんを泣かせるし、メアリーは死ぬ。

僕は絶対に失敗できない。

僕は絶対に死ねない。

考えれば考えるほど、重圧に押しつぶされそうになる。いっそ何も考えずにただただ必死になれたら、どんなに楽かと思う。それこそ、周りが心配するほどなりふり構わず進めたら、それはきっと簡単な道だ。だって、考えなくていいんだから。

でもそれじゃダメなんだ。

そんなのはただの思考停止だ。

考えろ。考え続けろ。呼吸をするように、常に考えろ。

僕はどうすればいい。

どうすればメアリーを救える。

どうすればダンジョンを攻略できる。

どうすれば……。

「ラーくん？」

プリネが心配そうに顔を覗いてくる。

「平気？　大丈夫？」

「ん、ああ、ごめん。大丈夫」

慌てて取り繕う僕。

「ほんと？　無理してない？」

「ああ」

「そっか」

と、プリネが笑う。

「私はラーくんの側にいるから、なんでも言ってね」

無邪気に微笑む。

あ、と思う。やばい。不意打ちだ。

ちょっと泣きそう。

「大丈夫。お前見てたら、悩むのバカバカしくなった」

「えー？　私だってけっこう考えてるんだよー？」

「わかってるって。うん。わかってる」

ふと、エレナさんとの会話を思い出した。

『ずいぶん打算的な付き合いなんだな、お前ら』

『こんなのは、ただの理由付けです』

『は？』

『そりゃもちろん、ダンジョン攻略のためにプリネを育ててるっていうのはあります。でも、あいつと一緒にいる一番の理由は、僕が……』

そう。僕が立っていられなくなるからだ。

この状況で、それでも何とか平静を保っていられるのは——いっそ緊張感すらないように見せられるのは、プリネのおかげだ。

こいつの笑顔に、僕は救われている。

プリネは僕の支えだ。プリネがいないと、僕はひとりで立っていられない。プリネが柱を支えてくれるから、僕は潰れないでいられる。

だから、何が何でも手放しちゃいけない。プリネにだけは、絶対に側にいてもらわないといけない。戦闘中の足手まといなんざ、大した問題じゃない。そんなのは僕がいくらでもカバーできる。

僕が進むためには、プリネが必要なのだ。

「えへへー美味しいー」

まぁそんなことは、絶対に言ってやらないけど。悔しいから。

……結局こいつに学術試験で勝てたことなかったもんな。

プリネに勝つために、すげぇ勉強したんだけどな。それこそ毎日徹夜して、一年中ひたすらやったのに。メアリーも両親も心配してくれたくらい、無我夢中で頑張ったのに。

——ただ頑張るだけじゃ、ダメだったんだよなぁ。

僕がやっていたことは、ダンジョンで例えるなら、必死にスライムを倒し続けていただけだった。寝る間も惜しんでスライムを倒していた。病気になってもスライムばかり倒してた。

そのころプリネは、例えるなら、息をするだけで経験値が入るシステムを作っていた。

そりゃあ勝てない。視点が違う。

だからプリネはすごいのだ。こいつは間違えない。努力の方法を間違えない。だから努力が実を結ぶ。

【魔女の恩恵】なんてスキルがなくても、プリネなら大魔導師《ソーサラー・キング》になってしまうんだろう。いや、もっと先にある職業《ジョブ》を見つけてしまうのかもしれない。

【呼吸】スキルで、ようやく僕はこいつに追いつけるのだ。

僕はしみじみと呟く。

「お前はすげぇなぁ……」

「えー？　ラーくんの方がすごいよ。なんでもできるじゃない」

「んー。まぁいいや」

「変なのー」

苦笑して、食事を再開すると、

「おぅい、兄ちゃんたちよ、飲んでるかぁ⁉」

いきなりテーブルにどかっとジョッキを叩きつけられた。

見ると、顔を赤くしたモヒカン（！）の大男が、にやにやと笑いながら僕たちを見ている。

酔っ払いに絡まれた。

「飲んでないです。メシ食ってんです」

言外《げんがい》に「あっちいけ」と伝えたのだが、大男は一つもひるまず絡んでくる。

「あぁ？　ここは酒場だぜ、飲めよ！」

うるせー。

「ほかにメシ食うとこが開いてなかったんすよ。勘弁してくださいよ」

「じゃあ一緒に飲むかぁ！」

うるせーなぁ。

「飲まねーよあっちいけ、失せろ」

あ、やべ、つい……。

僕が「しまった」という表情を浮かべるのと、プリネが「あわわ……」という顔をするのは同時だった。

「失せろだとコラぁ！　てめぇ誰に向かってクチ利いてんのかわかってんのかガキ！」

「てめぇなんか知らねーよ」

あ、またやっちゃった。

プリネが「あー……あー……」って泣きそうになってる。ほんとごめん。

モヒカンさんがビキビキ・・・・・・してる。

「テメェ……わからせてやるぜ……！」

「ギャグみてぇなセリフ吐きやがって、このモヒカン野郎が。笑わせんのはテメェの頭だけにしろタコ」

「も、もう……ラーくぅん……！」

申し訳ない。

そこでついに、モヒカンさんがキレた。息を吸って怒髪天を衝く……『呼吸』を読んだ僕には、その瞬間が手に取るようにわかる。とりあえずプリネに下がるよう手で指示を出す。

「そこまで言われて黙っちゃおけねぇぞ、クソガキャア！　おいおめぇら、こっちこい！　このガキしめんぞ！」

「「「おう！！！」」」

と、少し離れたテーブルから立ち上がったのは、なんとモヒカン三人衆。

僕の目の前でいきり立つモヒカンが叫ぶ。

「泣く子も黙る武道家パーティ、ロドリゲス四兄弟《フォーブラザーズ》ってのは俺らのことだ！　覚えときな！」

全員が武道着にモヒカンだった。ダンジョンは広いな、と僕はそっとつぶやいて、立ち上がる。

「表に出よう。わからせてくれるんだろ？」

「あぁん⁉　クソ生意気なガキめ！　てめぇこの人数相手に殴り合おうってのか⁉」

「そっちが因縁つけてきたんだろうが。相手をしてやるっつってんだよ」

「カッ！　俺らは素手で殴り合うなんざつまらねぇ真似はしねぇ！」

「決闘か？　血を見るまでやるんだな？」

「これだからルーキーは。そうじゃねぇ、おいおめぇら！」

「「「おう‼」」」

と、酒場の客がいっせいに動いた。なんだこいつら、全員グルか？

プリネを担いで逃げられるよう、警戒する僕。しかし彼らは僕たちを取り囲もうとはしない。

それどころかテーブルを動かして、店の中心を空けた。

その空間に、どかん、と置かれる丸いテーブル。

まさか。

「冒険者の勝負っつったらコレよ……！」

どん、とモヒカンが肘をテーブルに叩き下ろす。そして僕を睨み付けて、店中に響き渡る声で叫んだ。

「漢《おとこ》の生きざま——アームレスリング‼」

腕相撲かよ！

「イェアアアアアアアアア！」

「やっちまえロドリゲスぅ！」

「生意気なルーキーに、冒険者の洗礼を浴びせてやれぇ！」

ノリノリの店内。

え、なに、こういうノリなの？

「早く来いルーキー！　てめぇにどっちが上か、わからせてやる！」

「またそれか……で、負けたらどうなるんだ？」

「決まってんだろ？」

暴力か、金か、まさか女か。

「土下座で謝るんだよ！」

「……マジか」

地味に嫌だな。他のならいくらでも逃げるんだが。微妙に避けられない要求だ。プライド的に。

「……仕方ねぇな」

テーブルに近づく僕。肘を置いて、モヒカンの手を握る。

相手は巨漢。こっちは十五歳の子供。見た目には、すごい体格差に映っているだろう。

けれど僕たちは冒険者。職業《ジョブ》レベルの影響を受ける冒険者なのだ。

外見は当てにならない。

それを向こうもわかっているはずなのだが、モヒカンは僕の細い腕を見て自信満々に笑った。

「やめるなら今のうちだぜ？」

「ほざけ」

モヒカンの頭に血管が浮かぶ。うわぁ面白い。

「が、頑張って、ラーくん！」

意外にもプリネから声援が来た。「絶対固まってるだろうな可哀想にごめんな」って思っていたのだが、見てみると、彼女の後ろに知っている顔があった。

ぱちり、とウィンクしたのは、昼間に4層で会った武道家のリンさん。プリネを見てくれているらしい。助かります。

どこからともなくやってきたタキシードに蝶ネクタイの審判がテーブルに着き——いや本当どっから湧いてきたんだこのひと——握り合う僕とモヒカンの手に自分の手を重ねて、二人を交互に見た。

「レディ？」

ぐぐっと力が入る拳。

僕は息を吸った。

「ゴー！」

いけぇぇ！　やれぇぇ！　おらぁぁ！　ぶっころせぇぇ！　そこだぁぁ！　たおせぇぇ！

店中が怒号に包まれる。その中心で、

「ぬぅ……くぅ……⁉」

モヒカンが焦っていた。

僕の腕がまったく動かないからだ。

「どうしたよ。わからせてくれるんだろ？」

「てっ、てめっ……！」

「そらよ！」

ばしぃん！

ごきり。

モヒカンの腕を思い切りテーブルに叩き付ける。ちょっと捻った音がした。

「ぐぉおおおお⁉」

肩を押さえて膝をつくモヒカン。

僕は右腕を高々と上げた。

「僕の勝ちだ！」

「うぉおおおおおおおおおおおおおおおおおおおおおおっ‼」

店の中が凄まじい騒ぎになる。僕はいろんなひとから、肩や背中や頭をばしばし叩かれて祝福された。しかし、

「まてぇぇい！」

それらを抑える大声が響く。

「ライアンに勝ったくらいで喜ぶのは早いぞ！」

「やつは我がフォーブラザーズの中でも最弱……」

「次はこのリック・ロドリゲスが相手じゃあ！」

立ちはだかるモヒカン。

リックと名乗った男がテーブルに着く。

えぇぇ……めんどくさい……。

「俺はライアンのようにはいかないぜ？」

「正直、見分けつかねーよ、あんたら」

審判がコールする。

「レディ、ゴー！」

「えい」

ばしぃん。

「ぎゃあああああっ!?」

「リックー!?」

右ひじを押さえてのたうち回るモヒカン。ちょっと強くしすぎたかな？

「ちくしょう次はこの俺、ルーベンが相手だ！」

「ゴー！」

　ばしぃん。

「ぎゃあああああっ⁉」

「ルゥゥゥベエエン！」

三匹のモヒカンを沈ませた僕は、残る一匹に目を向ける。

「あんたもやるのか？」

「くそぅ、こうなったら……！」

　焦った最後のモヒカンが、何やら立ち方を変えた。姿勢を整え、足の先をやや内側に。目を閉じて両手を下っ腹のあたりに置いた。

「すぅぅはぁぁぁぁぁぁ……！」

　浅く息を吸い、深く息を吐く。するとモヒカンの体の周りに、淡い光が生まれた。その光がモヒカンの両手の中——下っ腹のあたりにぐるぐると渦を巻いて収束していく。

　これは、功気呼吸法《こうきこきゅうほう》⁉

「——はぁっ！」

　ぼんっぽんっぽんっ！

　モヒカンが気合とともに息を吐くと、なんとやつの筋肉が膨張し、さらにムッキムキになった。モヒカン筋肉ダルマだ。

「くっくっく、武道家を本気にさせたこと、後悔させてやるぜ」

あ、レオナルドの野郎、呼吸法使いやがった！　ずっけぇ！　卑怯《ひきょう》だ！　などとあちこちから声が上がっているが、当のモヒカンは無視し、不敵に笑っている。

うーん。

僕は横を見た。

リンさんが、こくり、と頷いた。僕も使っていいということだろう。

リンさんの前で、プリネがぶんぶん両手を上下に振って頷いていた。応援のつもりらしい。

二人へ頷き返す僕。

呼吸を整えた。

「すぅぅぅぅはぁぁぁぁぁぁぁぁぁぁぁぁぁぁぁ……！」

体が淡い光に包まれる。オーラ、というやつだろうか。生命力が輝いているのだろう。よくわからないけど。

筋肉が盛り上がったりはしない。だが丹田に力が集まってくるのがわかる。

……あ、いま職業《ジョブ》レベル上がったわ。３くらい上がったわ。そんな気がしたわ。呼吸法ぱねぇわ。

漲《みなぎ》るパワー！　が見えたのか、モヒカンが体を引いて慄《おのの》いた。

「て、てめぇ……どこでそれを……！」

「さてね」

どん、とテーブルに肘を置く。

「先に使ったのはそっちだ。文句は言うなよ?」

「て、てめぇ……!」

審判が最後のコールを告げる。

「レディ……ご」

ずがぁん!

僕が叩き付けた右拳は、テーブルをぶっ壊してモヒカンの腕を床に叩き付けた。さらに、その床すら抜けて、穴まで開ける。

「ぐおおおおおおおおおおおあああああああああっ!?!?」

あ、モヒカンの腕が変な方向に曲がってる。

まぁいいや。ポーションくらい持ってるだろ。

僕は再び高々と右手を上げる。

「僕が!ラーナ・プラータだ!」

「うおおおおおおおおおおおおおおおおおおおおっ!!」

喝采が店内を支配する。僕の名を呼ぶ大合唱が始まる。

「ラーナ!　ラーナ!　ラーナ!　ラーナ!　ラーナ!　ラーナ!　ラーナ!」

うん。

目立っちゃった。

いっけね。

「ラーくんすっごおおおおい！」

飛んで抱きついてくるプリネ。受け止めながら勢いそのままに回転する。またダンスを踊っているように見えてしまうだろうが、仕方ない。

「すっごくカッコよかったよぉ、ラーくん！」

「はは、ありがと」

リンさんが、

「やっぱりすごいねぇ、ラーナくん！　ていうか、さっき会ったときよりまた強くなってない？　気のせい？」

「き、気のせいじゃないですかね……？」

「ふーん？」

そのとき、床に転がっていたモヒカンたちが立ち上がった。

「ラーナ・プラータと言ったか！」

「そうだけど？」

いちゃもんでもつけられるのかと思ったが、

「「「すいませんでしたぁっ！！！」」」

全員その場でジャンピング土下座して謝ってきた。

「ラーナさんの強さ、感服しましたぁ！」

「強さこそ武道家の正義！」

「アームレスリングこそ漢《おとこ》の矜持《きょうじ》！」

「アンタは俺らフォーブラザーズのアニキだ！」

えぇぇ……めんどくさい……。

「いや、そういうのいいから……」

「なんかあったらいつでも言ってくだせぇアニキ！」

その後さんざん断っても、僕の言葉は彼らに届かなかった。

よくわからないけど、舎弟ができました。

§§§§§§§§§§§§§§§§

翌日。

ダンジョン攻略・四日目。

第4層。

セーブポイント『回復の泉』。

エルトラ鉱石の採取に来ました。

泉の前で手に誘導石を持って、マッピング、マッピング、と脳内に地図を出す。

鉱石の場所は……この先にあるようだ。

支給マップに○をつける。

「プリネ、この辺だわ」

「はーい！　ついていきます！」

「ついでに宝箱も回収していこう」

「金銀財宝ざっくざくー！」

いつも楽しそうだなぁプリネは。僕も見習おう。

森の中へ入り、キノコを刺激しないよう気をつけつつ、草むらに隠れた宝箱をゲット。かなり大きい。棺桶くらいのサイズだ。

ゲットと言いつつ、今から開けるわけだが。

「こういうとき、シーフ技能が役に立つ……と」

「頑張ってラーくん！」

シーフ時代の初期装備、道具箱から針金を取り出して鍵を開ける。

かちゃり。

ちょっとだけ蓋《ふた》を開けて、罠を確認する。

……なし、と。

蓋《ふた》を完全に開けた。

木漏れ日が宝箱を照らす。陽光を跳ね返してきらきらと光る物体が見えた。

「これは……！」

「あっ……！」

固唾《かたず》をのんで中をあらためる僕たち。

第十一話　罠の術式と初心者の壁――第5層

ダンジョン攻略・四日目。

第4層。

宝箱の中に入っていたのは……長剣だった。

片手用の直剣だ。ロングソードと同じ類。

「剣だよ、ラーくん！」

「剣だな、プリネ」

手に取る。見た目はロングソードに似ているが、軽いし、材質が違うように見える。

知識豊富なプリネが言った。

「これって、ミスリル銀じゃない？」

「マジか」

装備してステータスを確認してみる。

＝＝＝＝＝

名　前：ラーナ・プラータ
人　間：Ｌｖ89

戦　士：Lv13
HP：180
MP：0
攻撃力：91**＋18（ミスリルソード）**
防御力：89＋12＋1（初期・鎧《よろい》一式、イヤリング）
素早さ：89
技　能：鍵開けLv20、探知Lv20、追跡Lv20、マッピングLv10、隠密Lv3、宝探しLv3、剣術Lv13、鉄壁《ガード》、突撃《チャージ》、強撃《アタック》、銭投《ゼニナゲ》。
スキル：【呼吸】息を吸って吐くことができる。
＝＝＝＝＝＝
攻撃力の装備欄に『ミスリルソード』とある。攻撃力は18。ロングソードより6高い。
「さすがプリネ、大正解」
「ほんと？　やったー！」
ひゅんひゅん、と振ってみる。軽い。けど頼もしい。
試してみるか。
「下がってて」

「うん」

――【戦技】強撃《アタック》！

その場で戦技を繰り出す。素振りだ。

びゅぅんっ！

鋭い一振り。だが……。

「これはちょっと耐えられそうにないな」

「どれくらい？」

「一発目でたぶん折れる。エレナさんとこの鋼鉄製の剣より脆《もろ》そうだ」

「ミスリル銀は、剛性より魔法の馴染みやすさがいいからね」

「そうなんだ？」

「うん。鍛えてもらったら、魔法属性とか付くかも？」

「そりゃ面白いな」

ひとまずメイン武器にしよう。ショートソードしか持ってなかったからな。

僕はミスリルソードを、ロングソードの入っていた鞘《さや》に納めた。

「じゃ、次に行こうぜ」

「はーい！」

そのあとも宝箱をゲットしていく僕たち。

「毒消し！」

「ポーション！」

「魔道士のマント！」

「ダガー！」

「武道着！」

「小盾《バックラー》！」

掌より少し大きいサイズの丸い盾――小盾《バックラー》を左手に着ける僕。大した防御力はないが、受け流しに使える。

プリネはゴシックドレスの上に、黒い魔道士のマントを羽織った。重そうに見えるが、そうでもないらしい。

「このフロアの宝箱はこれでおしまいみたいだ」

「はーい！　さすがラーくん！　シーフ技能が光ってるぅ！」

「はっはっは！　もっと褒めなさい」

「かっくいー！　すっごーい！　ホレるぅー！」

宝探しLv３が大いに役立った。

「じゃ、鉱石を掘りに行くか」

「行こーう！」

ＳＳＳＳＳＳＳＳＳＳＳＳＳＳＳＳＳＳＳ

森の先には丘があった。

そのふもとに、きらきらと光る岩肌が見える。

誘導石を近づける。近づけば近づくほど、石の輝きは増していく。

「あれだな」

「発見だね！」

ずっと背負っていた籠を置いて、ツルハシを手に取った。

きらきら光っている部分を、試しに一回叩いてみる。

かつーん！

ぼろり。

土の塊が落ちた。拾い上げて表面の土を取ると、中から緑色の石が出てくる。

誘導石が激しく光る。同じ色だ。

これがエルトラ鉱石で間違いないようだ。

「よっしゃ、籠いっぱいになるまで掘るぞ。プリネはモンスターが来ないか見張ってて」

「はーい！　頑張って、ラーくん！」

かつーん。

かつーん。

かつーん。

夢中で掘っていく。そういえば、他にエルトラ鉱石を採りに来ている冒険者はいないな。日によって違うのかな？

かつーん。

かつーん。

かつーん。

かつーん。

汗をぬぐう。籠の中は三分の一くらい。と、『探知』に何かがひっかかった。モンスターだ。

隣でしゃがんで、何やら地面に落書きしているプリネに声をかける。

「なんの数式だそりゃ……」

「術式だよー。あらかじめ魔法を仕込んでおいて、好きなタイミングで放てるのー」

「すげぇな。そんなの聞いたことないぞ」

「古い本に書いてあったの。使えるかどうかわかんないけど……」

「さっそくやってみようぜ。モンスターが来る」

「えっ、ほんと⁉　どこどこ⁉」

「あっち」

と指を指す。

緑色の肌で、子供くらいの大きさのモンスター。

ゴブリンが三匹、小川の向こうに姿を見せた。

「はわわわわわ……！」

ビビるプリネ。僕は声をかける。

「その術式、どんな魔法を撃てるんだ？」

「ふぇっ、え、えっと、小火灯《ファイアーライト》くらい？」

「それならゴブリンも倒せるな。じゃあ逃げよう」

「逃げるの⁉」

「罠として使えるか試すんだろ？　向こうへ逃げれば追ってくる。やつらがここを通るときに発動させてみなよ」

「そ、そっか、わかった！」

僕らを見つけ、グルルル……！　と走ってくるゴブリン。

僕とプリネは反対方向へ逃げ、丘の陰へ隠れた。

シーフの道具箱から手鏡を出して、ゴブリンたちを窺う。

やつらはちゃんと追いかけてきた。プリネに合図を出すタイミングを見計らう。

さて、うまくいくだろうか。

緊張した様子のプリネはぎゅっと短杖を握っている。

術式の上をゴブリンが通る——その直前で僕はプリネに合図を出した。

「小火灯《ファイアーライト》……！」

プリネの囁《ささや》きとほぼ同時に、術式から真上へ火球が飛び出した。炎はゴブリンを丸飲みにして炭へと変える。

「成功だ、プリネ！」

「やった！ できたー！」

「次だ、残りもやっつけちまえ！」

「はい！」

陰から飛び出したプリネは、突然の攻撃で慌てふためく二匹のゴブリンへ魔法を放つ。

「魔の粒子よ、薙《な》ぎ払え。閃煌線《パイロ・レイ》！」

びゅいん！

まっすぐ伸びた炎がゴブリンを嘗め尽くし、消滅させた。

勝利である。

「いぇーい！」

「やったー！」

プリネとハイタッチ。

よしよし、かなり自信がついてきたな。

再び採取ポイントへ戻った僕は、ツルハシを持ってプリネに告げる。

「じゃあ僕はまた掘るから、プリネはどんどん術式を描いておいて」

「任せてーー！」

それからお昼まで、僕は鉱石を掘り、プリネは術式を描いた。

たまにモンスターが来ても、術式の上を通るだけでプリネが燃やしてくれるから、僕はツルハシを手放すことなく掘り続けることができた。

そして、正午。

籠いっぱいに詰まったエルトラ鉱石を見て、僕はたいへん満足する。

「プリネ、ありがとう。そろそろ帰ろう」

「はーい！　あと二十発は小火灯撃《ファイアーライト》てるよーー！」

「お前MP高いもんなぁ」

「それだけなんだけどねぇ、えへへ」

照れたように笑うプリネ。可愛い。

鉱石も宝箱も取り終えた僕たちは、最短ルートでセーブポイントへ向かうと、ギルドへ戻った。
ステータスシートをもらう。
僕は二つ、プリネも一つ職業《ジョブ》レベルが上がっていた。
＝＝＝＝＝
名　前：ラーナ・プラータ
人　間：Ｌｖ93
戦　士：Ｌｖ15

ＨＰ：２１０
ＭＰ：０
攻撃力：１０３＋18（ミスリルソード）
防御力：93＋12**＋１**＋１（初期・鎧《よろい》一式、**小盾《バックラー》**、イヤリング）
素早さ：93
技　能：鍵開けＬｖ20、探知Ｌｖ20、追跡Ｌｖ20、マッピングＬｖ10、隠密Ｌｖ３、宝探しＬｖ３、剣術Ｌｖ15、鉄壁《ガード》、突撃《チャージ》、強撃《アタック》、銭投《ゼニナゲ》、**【新】剣捌《パリイ》**。
スキル：**【呼吸】**息を吸って吐くことができる。
＝＝＝＝＝

＝＝＝＝＝

名　前：プリネ・ラモード

人　間：Ｌｖ24

魔道士：Ｌｖ６

Ｈ　Ｐ：24

Ｍ　Ｐ：88

攻撃力：24＋２（短杖）

防御力：24＋15**＋３＋２**（ゴシックドレス、**魔道士のマント、エレナの花飾り**）

素早さ：24

技　能：小火灯《ファイアーライト》：消費魔力：２、防御盾《シールド》：消費魔力：３、水氷棘《アイスピックル》：消費魔力：３、閃煌線《パイロ・レイ》：消費魔力：４、**【新】全体防御盾《ホールシールド》：消費魔力：４。**

【新】罠の術式。

スキル：【魔女の恩恵】魔法を覚えやすい。魔法効果が上がる。

＝＝＝＝＝

「はわぁ！　ラーくん、あと５で戦士レベル20だね！　すごいね！」

「お前も魔道士レベル上がってんじゃん。しかもまた新しい魔法覚えてるし」

二人でお互いのシートを見ながら話し合う。

もちろん、誰にも見られないようこっそりと。


昼食を済ませ、商店街の端の端にある工房へ向かうと、

「——は？　もう持ってきやがったのか？　いくらなんでも早すぎだろ⁉　モンスター相手にしながらだと、フツー三日はかかるぞ⁉」

鳩が豆鉄砲を食ったような顔のエレナさんが出迎えてくれた。

悪いけど、ウチの魔道士はすごいのだ。

さぁ、剣を鍛えてもらうぞ。

「いやいや」

エレナさんは苦笑する。

「一週間はかかるからな」

「マジですか」

「たりめーだろ」

「予想外の展開です」

「最高の剣を鍛えてやっから、それまで待ってろ」

待てと言われれば仕方ない。僕は粛々《しゆくしゆく》と頷いた。

「わかりました。あと、これも見てほしいんですけど」

と、ミスリルソードを見せてみる。

エレナさんが、ちょっとだけ驚いた顔をした。

「ミスリル銀じゃねぇか。こいつぁいい。次はこいつを鍛えるか？　エルトラの後になるけどよ」

「はい。それまで折らないように気をつけます」

「ルーキーのセリフじゃねぇな」

けけけ、と笑うエレナさん。

「じゃあレベル上げでもしながら待っててくれや。つっても、戦士レベル10なら、第5層に挑戦するってのもアリかもな」

実はもう戦士レベル15なんだけど、黙っておこう。一日で5レベル上がったなんて言ったら騒ぎになるし。

「そうします。プリネのレベルも上げておきたいし」

隣を見ると、こくこく頷いているプリネがいる。まだエレナさんには慣れないらしい。

「じゃ、一週間後にまた来てくれや。……と、その前に宿を教えてくれ。こっちから連絡することもあるかもしれねーし」

「『鳩の白羽』亭です。よろしくお願いします」

頭を下げて、僕らは工房を後にした。

エルトラ鉱石のロングソード。

僕専用の剣だ。

どんな剣ができるんだろう。楽しみだ。

ｓｓｓｓｓｓｓｓｓｓｓｓｓｓｓ

ダンジョン攻略・四日目・昼過ぎ。

第４層。

セーブポイント『回復の泉』。

「第５層へ降りるぞ、プリネ。準備はいいか？」

「はーい！　大丈夫です！」

相棒の元気な返事を聞いて、僕は頷く。

セーブポイントから、鉱石のある場所の反対方向へ進む。

いくらもしないうちに、巨木の根元にぽっかりと開いた大きな穴を見つけた。よく見ると、下への階段がある。

数分前まで元気だったプリネが弱弱しく、音を上げた。

「うう、狭くて暗いよぉ……」

「手ぇ握っててやるから。あと暗いからファイアーライト点けて」

「ありがとうラーくん！　はい！」

ぽっ、と小さく調整された火の玉が点いて、足元を照らす。

僕たちは慎重に階段を降りていった。

SSSSSSSSSSSSSSSS

第5層。

とある冒険者パーティの戦い。

冒険者にとって、職業《ジョブ》レベル5を超えるのが最初の壁と言われている。

四人パーティの場合、それはちょうど第5層へ到達するころにあたる。

第5層というのもまた、初心者パーティの最初の壁の一つだ。

「くそっ、速すぎる！　攻撃がまったく当たらないぞ！」

「やばいやばい、あっちの奴が魔法撃ってくる！」

「ちょっと！　回復まだなの⁉」

「待って、待ってください！　順番に……！」

戦士・シーフ・魔道士・僧侶という、バランスの取れた編成のパーティ。

全員職業《ジョブ》レベル5で、攻略開始から一か月が経過していた。

スライムを狩り、大ナメクジを倒し、おばけモグラに奇襲され、おばけキノコに眠らされ、ゴブリンの群れを退けて、ようやく辿り着いた第5層最後の難関。

セーブポイントを経て、第6層へ降りる階段へ続く最後の部屋。

そこに、『ボス』がいた。

広い部屋に入り奥へ進むと、入り口の扉が勝手に閉まった。一緒に入ったはずの『他のパーティ』はいつの間にか姿を消し、気がつけば四人だけ。

暗い部屋に突然明かりが灯り、目の前に巨大な影が現れる。

「回復！　回復してくれ、頼む！」

「くそ……。血が止まらねぇ……。力が入んねぇ……」

「いやぁ！　みんな死んじゃう！　全滅しちゃう！」

「魔力《MP》がもうないんです！　もう使えないんです！」

悲痛な泣き声がボス部屋に響く。

大きな裂傷を負ったシーフは瀕死《ひんし》。早々に魔力《MP》を使い果たした魔道士はずっと泣き叫び、僧侶は涙を流しながら全部使い切ったはずのポーションを探す。そしてモンスターの攻撃を必死で防御していた戦士は、たったいま吹っ飛ばされて動かなくなった。

僧侶の指がバッグの中にあるそれを引っ掛けたのは、そのパーティ最大の幸運だっただろう。

直前で拾ったばかりのレアアイテム。戦士が自分に託した最後の希望。

「……ごめんなさい！」

叫ぶと同時、体が光に包まれ、そして……。

ボス部屋の扉が開く。

そこにモンスターの姿はなく、冒険者たちの姿もまた、なかった。

ｓｓｓｓｓｓｓｓｓｓｓｓｓｓｓｓ

僕とプリネが降りた先は、孤島だった。

「おおー」

「ほへー」

天に伸びる巨木があり、そこには4層への階段がある。が、明らかに僕たちが下りてきた距離より長く、高い。

目の前には砂浜。そしてどこまでも続いているかのような、青い海。

突き抜けるような青空には、白い雲が流れている。

「ここ、ダンジョンの中だよな……？」

「頭がこんがらがってきたよぉ」

周囲を見渡す。

孤島には巨木を中心に森が生い茂っている。山も見えるが、そう高くはない。

海の向こうには、石の塊のようなものが小さく見えた。建物だろうか。

プリネがそろそろと砂浜に近づいて、水に触れた。

「つめたい！」

「本物か」

「しょっぱい！」

「塩水か。やっぱ海なんだな、これ。古き神の作ったダンジョンぱねぇな」

ざざーん。

ざざー……ん。

「私、海はじめて見た……」

「僕もだよ。スククにはないもんな、海……」

寄せては返す波。

浚《さら》われていく砂。

よちよちと歩く小さなカニ。

浅瀬で泳ぐ魚たち。

体全体にまとわりつくような潮の匂い。

遥か彼方に見える水平線。

空と海、わずかに色の違う二つの青。

初めて見るその光景に圧倒されて、僕たちは手を握り合って、少しだけ泣いた。

ざざーん。

ざざー……ん。

「はっ、いかん。このままじゃ日が暮れる！」

「そ、そうだね！」

「ずっとこうしてたい気もするけど、また今度だ」

「うん！」

シーフ技能のマッピングと宝探しを使う。

支給マップを取り出して、セーブポイントと宝箱の場所に○を付けた。

「セーブポイントは……あの石だな」

「石？」

「ほらアレ」

と指を指す。

先ほど見つけた、海の向こうにある小さな石だ。

「ここからだと石にしか見えないけど、建物らしい。地下への入り口だそうだ」

「どうやって行くの？」

「向こう側に浅瀬の道があるみたいだ。そうだな、森の中の宝箱を取ってから行こう」

「はーい！」

例によって、宝探し技能で宝箱をゲットしていく僕たち。

「毒消し！」

「麻痺消し！」

「毒消し！」

「道化師のカード！」

「踊り子の布きれ！」

「鉄の槍！」

道中でゴブリン系のモンスターに何度か遭遇《そうぐう》したが、プリネの魔法で問題なく撃退。

ゲットしたアイテムを吟味する。

「毒消し、多いな」

「麻痺消しっていうのもあったね」

「たぶん、ゴブリン系のモンスターが、毒矢とかを使ってくるんだろうな」

「なるほど！　さすがラーくん！」

次。

「道化師のカードって……これトランプか。何に使うんだろ」

「お、お、踊り子さんの布きれ……。ひょっとして、これ、着るの……？」

プリネが指で布きれを恐る恐るつまむ。

ぺろーん、と薄い布が、二枚。上下、と考えるのが自然だろう。

「たぶん。この一枚でこう、胸を隠して……」

「ふぇえ!?」

「で、もう一枚、これはここに留め具があるから、こう股に挟んで……」

「ふぇええぇ!?」

は、はみでちゃうよぉ！　と手で顔を隠すプリネさん。

まぁ簡単に言うと、『マイクロビキニ』と『ふんどし』だからな。

前にアンナさんが「裸みたいな恰好《かっこう》」って言ってたのは、これのことか。

「……いちおう取っておくか」

「なっ、何に使うのっ!?」

じーっとプリネを見る僕。ささっと胸を隠すプリネ。

「何でもないですよ？」

「う、うそっ！　ぜったいうそっ！」

「さて、鉄の槍を見よう」

「……うー、ラーくんのえっち……」

否定はしない。男の子ですから。

手に持った鉄の槍をひゅんひゅん、と回してみる。

「わ、ラーくん槍も使えるの？」

「使ったことないけど……どうも職業《ジョブ》の補正で使えるようになってるみたいだ」

ぶんぶん振り回して、武芸者の「型」に挑戦してみる。

足さばきも軽々と、背中に槍を回したり、空中に投げて足でキャッチしてみたり、虚空に突いてみたりして、

「はっ！」

びしっ、と決めた。

「ラーくんカッコいい‼」

「すごいな。体が勝手に動く」

ステータスを確認する。

＝＝＝＝＝

名　前：ラーナ・プラータ
人　間：Ｌｖ93
戦　士：Ｌｖ15

ＨＰ：２１０
ＭＰ：０
攻撃力：１０３**+20（鉄の槍）**
防御力：93＋12＋１＋１（初期・鎧《よろい》一式、小盾《バックラー》、イヤリング）
素早さ：93
技能：鍵開けＬｖ20、探知Ｌｖ20、追跡Ｌｖ20、マッピングＬｖ10、隠密Ｌｖ３、宝探しＬｖ３、剣術Ｌｖ15、**【新】槍術Ｌｖ15**、鉄壁《ガード》、突撃《チャージ》、強撃《アタック》、銭投《ゼニナゲ》、剣捌《パリイ》。
スキル：**【呼吸】**息を吸って吐くことができる。
＝＝＝＝＝

「『槍術』ってのが増えてる。しかもいきなり技能レベル15だ。職業《ジョブ》レベルに合わせられたんだな」

「そうなんだ！」

「さすが武器のエキスパート。『戦士』は、装備すれば何でも使えるようになるのか」

「すごいね！」

体力《ＨＰ》と素早さは落ちるけど。技能は転職してもそのままだから、仮に魔道士になっても、僕は剣と槍を使えるのだろう。

「転職する前に、他にもいろいろ装備しておきたいな」

「せっかくだもんね！」

さて、宝箱は取り終えた。

そろそろセーブポイントへ向かうか……と思ったそのとき。

「きゃあっ！」

「ぬぅ！」

突然、悲鳴が聞こえた。女性と男性の声。探知の範囲外だ。モンスターに襲われているのかもしれない。

「行くぞ、プリネ！」

「は、はい！」

僕たちは駆け出した。

第十二話　僧侶と道化師

森の中にいたのは、白い法衣を着た女性と、タキシードにシルクハットをかぶった男性だった。

ゴブリンの群れに囲まれている。その数、5。

男性の方は倒れて動けないようだ。僧侶の女性が膝をついて寄り添っている。このままでは危ない。

——僧侶と、無色《ふつう》のひと⁉

なんで一般人がダンジョンに、しかも第5層にいるんだ。と一瞬疑問に思ったが、そんなことを考えている暇はない。

僕は走りながらプリネに叫ぶ。

「彼らに当たらないように魔法を撃ってくれ！」

「はぁっ、はぁっ、でもっ、間に合わなっ！」

「僕が止める！」

足に力を込めて、更に加速。だがそれでも一歩遅い。

ゴブリンが僧侶さんに向かって棍棒《こんぼう》を振り上げるのが見える。

それなら！

――【戦技】銭投《ゼニナゲ》！

びゅいん。

腰に構えた左手の上に、複数の丸いコインが出現した。それを薙《な》ぐように右手で飛ばす。

しゅばぁっ！

ぼんっ、とゴブリンたちの頭が吹っ飛んだ。五匹すべて、ほぼ同時に。

僕の投げたコインが、やつらの頭に直撃したのだ。

「きゃあっ！」

突然の出来事に悲鳴を上げる僧侶さん。

自分を攻撃しようとしていたモンスターの頭が、いきなり吹き飛んだのだから当然だ。

【戦技】、銭投《ゼニナゲ》。

考えないようにしていたけれど、まぁ技能を得た時点でどういう効果なのかは知っていた。

これは『自分の所持金《コイン》を武器にして投げる』技だ。職業《ジョブ》レベルが上がれば上がるほど威力もアップするが、消費する金額もそれに比例する。

冒険者がモンスターを倒したりクエストをこなしたりすると、ダンジョンギルドの自分の口座にお金が入る。この技は、その金額を消費しているのだ。

出の早い遠距離攻撃で非常に便利、しかも凄まじい破壊力の全体攻撃なのだが、金額面ではとうてい割に合わない技なのであった。あの一枚を投げるために、ゴブリン十匹は倒さないといけない。ということは、今日モンスターを倒して得た稼ぎが、今の一回で消えただろうな。

あーやだやだ。考えたくない。

へなへなと地面に座り込んでいる僧侶さん。彼女の前で止まると、錫杖《しやくじよう》が落ちていた。ゴブリンとの戦闘で落としたのであろうそれを拾って、手を差し伸べる。

「大丈夫ですか？」

僕の声に顔を上げたその人は、金髪の、きれいで、優しそうな女性だった。

僧侶さんは、一度僕を見上げて、視線を差し出した手にうつした後、もう一度僕の目を見て、

「……は、はい」

と何やら惚《ほう》けたように、手を取り立ち上がった。

「あの、戦士さま。お名前は？」

「ラーナです」

「ラーナ様……。素敵なお名前……」

ぽ、と赤くなる僧侶さん。

どうしました？　毒でも受けましたか？

「私はマルチナと申します。マルチナ・ヒンギー。僧侶レベル7です」

「僕は戦士レベル15です。連れがいまして……」

と、僕は、後ろから走ってきたプリネを見た。

「はぁっ、はぁっ、はぁっ、はぁっ、遅かっ、たっ、かなっ？」

ようやく追い付いたプリネは、息を切らせながら僕とマルチナさんの様子を見る。

「…………………………」

プリネが、すすす、と僕の腕を掴んで、マルチナさんに見せつけるようにぎゅうっと身体を寄せたことには、何か意味があったのだろうか。

ssssssssssssssssss

倒れているタキシードの男性は白髪のおじさんだった。渋くてダンディな感じだ。

ただ、先ほどのゴブリンに攻撃され、腹に矢を受けて出血してしまっていた。苦しそうだ。

「ポーションかけますね」

僕がアイテムを取り出そうとすると、マルチナさんが横からやんわりと制止する。

「いえ、それには及びません」

「そうですか？」

「はい。モンスターさえいなければ……」

マルチナさんが錫杖を持って祈り始める。

「――神の奇跡をここに。治癒《ヒール》」

マルチナさんが手をおじさんの傷口に近づけてそう唱えると、その手が光り始めた。

回復魔法。

さすがは僧侶だ。傷はみるみる塞がり、おじさんはやがて目を覚ました。

「おや、マルチナ様。私はまだ生きておりますか」

「ええ、ジジ。こんなところで死んではなりませんよ」

そう微笑んで、優しくおじさんの頬を撫でるマルチナさん。

この雰囲気といい、神々しさといい、包容力といい、まだ出会って数分だけど、溢れる母性《バブみ》にくらくらする。

「ありがとうございます。ラーナ様。なんとお礼を申し上げてよいか……」

「同じ冒険者ですし、困ったときはお互い様ですよ」

基本的に冒険者は助け合うものだ。僕も初日に、先輩冒険者さんからたくさんポーションをもらったしね。まだ噂の『辻ヒーラー（治癒魔法だけかけて去っていくひと）』には出会っていないけれど。

ジジと呼ばれたおじさんが立ち上がった。

シルクハットを取って僕に一礼する。

「助かりました、戦士さま。私はジジ・フェルナンデス。マルチナ様の従者でございます」

「ラーナ・プラータ。戦士レベル15です。こっちは魔道士のプリネ。レベルは6」

「よろしくお願いします」

ぺこり、とお辞儀をするプリネ。

僕は尋ねた。

「なぜ無色《ブレーン》の方がダンジョンに？　従者とはいえ、危険なのでは？」

するとジジさんは、一拍置いて、優しく笑い始めた。

「はっはっは。こんなナリでは仕方ありませんな。実は私、これでも冒険者の端くれでございます」

「え、そうなんですか？　それはすみません。じゃあ何の職業《ジョブ》を……」

僕が質問を投げかけ終える前に、ジジさんはシルクハットをくるりと一回転させた。中から真っ白な鳩が飛んで行く。

ジジさんは、鳩を見送った後、にこり、と微笑んだ。

「『道化師』をしております。レベルは8」

「道化師って、あの……」

役立たず、という言葉をかろうじて飲み込んだ。

「ギルドではこう説明されておりますな。『いると楽しくなる』」

「は、はい。でも初期装備は、もっとこう派手だったような……」

赤と黄色の衣装で、二股に別れた帽子を被り、顔にはペイントかマスクをしていたはずだ。

ジジさんは肩をすくめると、大げさに首を振った。

「あのような格好、とてもできませんな。まるでピエロです」

や、ダンジョンでタキシードも、大概だと思うのだけど……。

「ラーナ様」

僧侶のマルチナさんが僕を呼ぶ。

「お願いがございます」

ジジさんが口を挟んだ。

「マルチナ様」

「いいのです、ジジ。ここでお会いしたのも神の思し召し。私は決めました」

再び僕を見るマルチナさん。

決意のこもった眼差しで、こう告げる。

「このフロア――第5層のボスを倒すために、パーティを組んで頂けませんか？」

プリネが、僕の手をぎゅっと握った。

さーてさて。

第夢話　フラワーガーデン・ドリーマー

＊＊＊の夢の中。

目が覚めると、お花畑にいた。

「……むにゃ？」

横たえていた身体を、むくり、と起こす。どうも「ここで眠っていた」という体《てい》らしいが
……。

「ふぁあああぁ、よく寝たぁあああ……！」

思いっきり伸びをした。頭がチョーすっきりと冴えている。

けれど、ぜんぜんさっぱりわからない。

ここはどこなのか。

いまはいつなのか。

この私――メアリー・プラータの記憶は判然としない。

確か、家にいて、お兄ちゃんが帰ってきて、めちゃくちゃしょげてて、それで……。

変な声が聞こえて、それから記憶がない。

　周囲は見渡す限りのお花畑。こんな場所に見覚えはない。ここはどこだ。まさか。

「……天国？」

　ひょっとして、私、死んじゃった？

　それならこの美しいお花畑も納得だ。太陽の光がさんさんと降り注ぎ、ぽっかぽかしていて、実に心地よい。

「天使とかいないのかな」

　自分が死んだかもしれないのに、まるで動揺がない。そのことに自分でも少し驚く。けれど少しだけだ。なぜならこの暖かい空間が、私から不安や恐れを取り除き、とても幸福な気分にしてくれるからだ。

　そう……私はいま、清々しい気分とともに、幸せを感じていた。

　魔女に呪いをかけられたのに。

「……あれ？　魔女？」

　そうだった。最後に聞いた声。『北の魔女』とか名乗っていた。

　私はしばし腕を組んで首を傾げて考えたが、

「まぁ、いっか」

　考えてもわかるはずがない、と開き直る。それより天使を探そう。ここが天国ならきっといるはず。

立ち上がり、その辺をひらひらと飛ぶちょうちょについていくように、私はふらふらと歩き出した。

すぐだった。

歩き出してすぐに、唐突に、屋根付きのテーブルとベンチ——ガゼボが現れた。ぱっと出てきたのではなく、最初からそこにあったような自然さだった。見えてなかったのかもしれない。目の前にあるのに。

お花畑にガゼボ。

なんて『あるある』なんだ。

もちろん入ってみる。

「わお」

綺麗なティーポットとカップがあった。クッキーもある。これは食べていいに違いない。天国だもの。

ベンチに座って——そこで初めて、自分の服が死ぬ直前に着ていたワンピースだと気付いた——カップの蓋《ふた》を取り、ティーポットを傾けた。中身は紅茶だ。期待通り。透明な赤がカップを満たしていき、私はその香りの良さにくらくらした。

ぜったいお高いやつだコレ。

さも「紅茶にうるさい淑女」っぽく優雅に飲んでみる。ほのかな苦味と強すぎない茶葉の味が絶妙で、私の舌と喉を幸せが通り抜けていった。くらくらするほど美味しい。

「ほわぁ……」

思わず息を吐く。

クッキーも頂く。サクッとした軽やかな歯ごたえ。ほっぺたが痛くなるほど甘く、でもしつこくない。紅茶とばっちり合う。

「いやぁ……さすが天国だわ……」

途方もない幸福感を得ながら私が感想を述べると、

「ここは天国ではありませんよ、お嬢さん」

と、涼やかな声がした。

「おかわりは如何ですか？」

振り向くと、『美形』という概念を形にしたかのような金髪の美青年が、執事の服を着て、ティーポットを持って、にこりと微笑んでいた。思わず指をさす私。

「天使、いた」

「違います」

にこり。

「ここは天国ではありませんよ、お嬢さん」

先ほどと同じ言葉を発する綺麗な唇。その蕩《とろ》けそうな声音で、耳が妊娠しそう。

「相貌が緩んでいますよ？」

「はっ」

だらしない顔を引き締めて、青年執事を再び見た。カッコいい。カッコよすぎる。カッコよすぎて直視できない。眩しい。太陽かお前。

「ここは……」

太陽が喋《しゃべ》った。

「あなたの夢の中です。メアリーさん」

言われ、金髪美青年を直視する。

「夢の中？」

「はい」

にこり。

「我が主、北の魔女——いえ、正しくは『時の魔女』様の魔法により、あなたはいま眠りについています」

「……起きてますけど」

「あなたはいま、眠りについています。いいですね？」

「……はい」

有無を言わせぬ笑顔だった。

「私はロニー・マンと申します。主の命により、あなたの給仕を担当します。以後お見知りおきを」

「メアリー・プラータです……」

にこり。

「ここは夢の中なのです。我が主よりあなたに与えられた、プレゼントです」

「いや、そんなのいらないからさっさと起こしてほしいんですけど」

「紅茶、もっと飲みたくありません？」

「飲みたいです」

「クッキー、おかわりいくらでもありますよ？」

「ください」

「もう少しここにいらっしゃいます？」

「はい」

「では、そんなあなたに、これをご覧に入れましょう」

美青年執事・ロニーが示す先には、大きな鏡があった。

いつの間にかあった。間違いなくさっきまではなかった。でも初めからそこに置いてあったみたいに自然に存在していた。

夢の中だからね。色々あるよね。

というか問題はそこじゃない。そこに映されたものだ。

「お兄ちゃんと、プリネちゃん……？」

いかにも初期装備です、といった二人が、ダンジョンへ入るところだった。

ロニーが口を開く。

「その通り。これからこのお二人は、あなたを救うためにダンジョンへ潜ります」

「え、うそ、なんで？」

「あなたを目覚めさせるには、ダンジョンの奥深くにある『賢者の種』が必要であると聞いたからです」

「そうなの？」

「そうなの、とは、どちらの意味で？」

「え？」

「『賢者の種』が必要であることに対する『そうなの？』ですか？　それとも、お二人があなたを救うためにダンジョンへ潜ることに対する『そうなの？』ですか？」

「どっちも？」

「片方だけお答えしましょう」

「……。じゃあ、後者」

「『そうです』。あのお二人は、あなたを救うためにダンジョンへ潜る」

「そんなの……そんなのってないよ！」

思わず立ち上がって、私は叫んだ。

「だって！ お兄ちゃんはずっとダンジョンに挑戦したかったんだよ!? それはディエゴ先生に追いつきたいからで、剣闘士《ソード・ファイター》アレクサンダーみたいになりたいからで、私のためじゃない！」

「ですが、事実、あなたのためにダンジョンに潜っている」

「やめさせてよ！ 私のためにお兄ちゃんが夢を捻じ曲げるなんて嫌！ ぜったいに嫌！」

「そうなると、あなたは眠ったままですが？」

「いいよ！ 私には紅茶とクッキーがあるもん！ イケメンもいるし！」

「恐悦至極。ですが、まぁそう怒らないでください。……ほら、彼らは彼らで、楽しんでおられる」

と、二人の様子を見せてくるロニー。

鏡に映るお兄ちゃんとプリネちゃんは、確かに仲良く楽しそうにイチャイチャしながらダンジョンを進んでいた。

「──なぁんだ」

それを見て私は、心底ホッとした。

執事が満足そうな顔で尋ねる。

「お怒りにならないのですね？」

「……何が？」

「あなたを救うためにダンジョンへ潜ったのに、あなたをまるで忘れているかのように冒険を楽しんでおられる。普通は、何か思うところがあるのでは？」

含むように言われて、私は「はっ」と笑った。このイケメン、なんもわかっちゃいねぇな。

「さっきも言ったでしょ？　お兄ちゃんはね、ずっとダンジョンに潜りたかったの。その夢がようやく叶いそうになったのに、スキルがどうだの才能がどうだの言って諦めかけてたの。でも、今はあんなに楽しそうに冒険してる。大好きなプリネちゃんと一緒に」

モンスター――スライムを倒し、二人でダンスしている様子が映し出されている。

良かったね、と心から思う。いつかまた告白しなさいよ。たぶん、何てことはない行き違いがあっただけなんだから。

「繰り返すわ。私のせいでお兄ちゃんの夢が捻じ曲げられるなんてぜったいにごめんなの。だから、あの二人はこれでいい。いえ、これがいい。私があえて言うとすれば、こうよ」

駆け出しの冒険者二人を見て、私は言う。彼らに話しかけるように。

「……お兄ちゃん。焦らなくていいから、急いで私を助けてね」

にこり、と執事が微笑んだ。

「素晴らしい」

椅子に座りながら、私は憮然と尋ねる。

「……何がよ」

「素晴らしい兄妹愛です。そしてお互いのことをよく理解し合っている」

「当たり前でしょ。兄妹なんだから。……って、あれ？」

ふと、そのことに気付いて、私はにやりとする。

「これって私のおかげで、お兄ちゃんは一度は諦めたダンジョンに潜ろうと決意できたってこと？　なんだ。むしろ感謝してもらわなきゃ損だわ。目ぇ覚めたら何か奢《おご》ってもらおっと」

ふふん、と上機嫌に紅茶を飲んだ私に、

「今はとりあえず、おかわりをどうぞ」

執事はティーポットを差し出して、微笑むのであった。

……頑張ってね、お兄ちゃん。私のために、何よりも自分のために。

鏡に映る兄を、心の底から応援する。

それにしてもこのクッキー、マジで美味いな。

番外編　勇気を振り絞った日

人生で、一番最初に『勇気を振り絞った日』を覚えているだろうか。

プリネ・ラモードは覚えている。事あるごとに思い出し、そしてその幸せを噛み締めている。

あの、六歳の誕生日の出来事を。

お屋敷からそう離れていない、どこぞの宿屋の庭。

自分とさして歳の離れていないだろう男の子と、おそらくその妹である女の子が、いつも楽しそうに遊んでいた。

ボールを蹴ったり、樫の木で作った剣と盾で決闘ごっこをやったり、宿屋の店番の真似事をしたり。

本当に楽しそうだった。

めちゃくちゃ羨ましかった。

自分も一緒に遊びたいと思った。

けれど、どうしても話しかける勇気が持てなかった。

メイドの婆やに手を引かれ、一緒にお使いに行くとき。メイドの婆やに手を引かれ、算術と文術の授業を受けに私塾へ行くとき。メイドの婆やに手を引かれ、旦那様のお仕事を見学しに行くとき。

来る日も来る日も、宿屋の庭で遊ぶ二人を見ていた。

ある日のこと。

女の子の方と目が合った。

自分を見て、きょとんとする。

それから、「ねーねーおにーちゃーん、あの子どこの子だろー?」と兄を呼びに行った。

むしょうに恥ずかしくなって、走って帰った。

婆やを置いてきたことに気付き、慌てて戻って、手を繋いで一緒に帰った。

その夜、婆やに話した。あの子達はいつも遊んでいる。あの子達はいつも楽しそう。あの子達はとっても素敵。

婆やは静かにそれを聞いてくれた。最後まで聞いてくれた後で、優しく微笑んで、こう言った。

「お友達になることは、ちっとも恥ずかしいことじゃ、ないんですよ」

翌日。

六歳の誕生日。

お屋敷からそう離れていない、どこぞの宿屋の庭。

さして歳の離れていないだろう男の子と、おそらくその妹である女の子が、いつも通り楽しそうに遊んでいたから、

「……あ、あの！」

プリネは勇気を振り絞って、話しかけてみた。

「私も一緒に、遊んでいいですかっ⁉」

近くにいた男の子は、きょとんとした。

その後ろにいる女の子も、きょとんとした。

頭が真っ白になった。

恥ずかしくなって、顔が熱くなって、いますぐ逃げ出したいけど足がすくんで動かなくて、うつむいてしまった。

けれど、

「いいよ！」

と、声がした。

顔を上げると、男の子がにっこり微笑んで、自分に手を差し伸べてくれている。

「三人で一緒に遊ぼう！　宿屋ごっこな！　お前、お客さんやって！」

女の子の方が口をとがらせて言う。

「おにーちゃーん、今日は私がお客さん役だよー」

「あっ、そっか！　じゃあお前は女将さん役！　算術やったことある？」

「は、はい！」

「オッケー！　僕が料理長で支配人役！　元冒険者で引退したんだけど宿屋の平和を守ってるんだ！」

「おにいちゃん、盛りすぎ」

「いいだろ別に。っと、お前、名前なんていうの？」

男の子が自分に聞いてくる。

おずおずと答えた。

「ぷ、プリネです。プリネ・ラモード……」

「僕はラーナだ！」

「私はメアリーだよ。よろしくね、プリネちゃん。ごさい？」

手を広げて見せられた。年齢を聞かれているんだと思う。

「えっと、六歳……？」

「へーおねえちゃんだー！　みえなーい！」

「あはは……」

「いいから、早くやろうよ！　ほら、えーとプリネ！　こっちきて！　女将さんは僕の隣！」

「はっ、はい！」

ラーナに呼ばれ、宿屋の庭にプリネが足を踏み入れる。

ずっと入りたかった場所。

ずっと憧れていた場所。

ラーナとメアリーのいるその場所に、プリネが加わった瞬間だった。

それが、人生で一番最初の、『勇気を振り絞った日』。

プリネが、六歳になった日の出来事である。

SSSSSSSSSSSSSSSSSS

それから、九年。


「メアリーちゃん！　あのね、相談があるの……！」

『プラータの宿屋』。その受付。

朝の忙しい時間帯が終わり、昼までの暇な時間を見計らって、プリネは受付に立つメアリーに相談を持ちかけた。

プリネの方が一つ年上だが、性格と身長のせいか（メアリーの方がちょっと高い）、同い年の友達みたいな関係だった。

メアリーがぱちくり、とまばたきをする。

「お昼休みでもいい？」

「もちろん！」

「んー。やっぱりいま聞いちゃう。暇だし」

「お仕事いいの？」

「私ってば座ってるだけで華になるから、いいの。ここにいるだけで宿の売上に貢献しているの。私が生きているということが、この国の発展につながるの。呼吸するだけで世界が平和になる存在なの」

「さっすがメアリーちゃん！」

アホほど自信満々なメアリーに素直に感心するプリネ。この二人をよく知る者は、二人を足して二で割ればちょうどいいのに、と口を揃える。

自信がない方の女子、プリネが、すー、はー、と深呼吸して、口を開いた。

「ラーくんに、好きな人ができたかもしれないの……！」

「ぶほっ！」

「なんで吹き出すのメアリーちゃん⁉」

「いや……なんでもないです……」

どう考えてもお前だろ、という意味を込めたメアリーのジト目は、残念ながらプリネには通じない。仕方ないのでメアリーは、片手をカウンターの上にどっかりと乗せて、やたら偉そうに言った。

「それじゃお嬢さん、詳しい話を聞こうか？」

「わぁ、ショーで見た王警の刑事さんみたい！」

「どんな難事件でも、このメアリー捜査官が解決してみせるぜ？　それで？」

「えっとね、ラーくんがここ最近、変なの」

「お兄ちゃんはいつも変だけど」

「メアリーちゃんからはそう見えるかもしれないけど、ここ最近は輪をかけて変なの」

「どう変なのよ」

「女の子はどんなものをプレゼントされたら喜ぶか、とか聞いてくるし、その、私のことを避けて、避けている、みたいな……。私、ラーくんに嫌われちゃったのかな……うぅ……！」

「あー、あー、泣かないで、泣かないで。勘違いだからそれ！」

「ううぅ、ぐすっ、ほんとう……？」

「ホントホント。お兄ちゃんがプリネちゃんを嫌いになるわけないじゃん。きっとなんか気まずいことがあったんだよ。プリネちゃんの胸ばっかり見ちゃったとか」

「胸？　あっ……もう、メアリーちゃん！」

ゆさり、と揺れる爆乳をプリネが手で隠した。顔が真っ赤。

「いや、見たのは私じゃないんですけど」

「ら、ラーくんだって、見てないよぅ！」

「絶対見てるけどね。ガン見してるけどね。まぁいいや。話を戻すけど、お兄ちゃんは『女の子はどんなものをプレゼントされたら喜ぶか』って聞いたんだよね？」

「うん」

メアリーがプリネに聞こえないほど小さな声でぶつぶつと呟く。

「……なんで私に聞かないんだろ、アホお兄ちゃん。直接攻撃かよ。プレイヤーにダイレクトアタックかよ。ストレートすぎだろ。いや、それでも伝わってないんだけど」

「？　メアリーちゃん？」

「ごめん、なんでもない。それさぁ、多分さぁ……」

と、何かを言いかけてメアリーはやめた。

せっかくここまで、二人を面白半分で見守ってきたのだ。最後まで楽しまねば損である。

「多分、なに⁉　メアリーちゃん、心当たりがあるの⁉」

プリネがぐいぐい身体を寄せてくる。カウンターに胸が乗っかって凄いことになっているが本人は気にしていないようだ。

「んー、明日になれば全部わかると思うよ？　あーそういえば、これはいまの話題とは全くぜんぜんこれっぽっちも関係ないんだけど、明日ってプリネちゃんにとっても特別な日だっけ？」

「明日……？　明日は、『賜天の儀』だけど……？」

ダンジョンへ挑む者たちが、女王様からスキルを賜《たまわ》る儀式である。毎月行われ、プリネは今月参加することに決まっている。

しかしメアリーは渋い顔。

「いや……そうなんだけど……。まぁいいや。儀式が終わったらウチ来るんだよね？　お兄ちゃんと約束してたよね？」

「うん！　ラーくんにスキルを報告しに来るよ！」

「ん、じゃあまた明日ね。お兄ちゃんには私からそれとなく聞いておくから」

「本当!?　ありがとうメアリーちゃん！」

「うーん……。なんでフラれたって思ってんだろ、お兄ちゃん……」

「メアリーちゃん、なにか言った？」

「なんでもないよ？」

翌日。

スククのお城で『賜天の儀』を終えたプリネは、プラータの宿屋へ急いでいた。早歩きで向かいながら、つらつらと考える。

ラーくんのプレゼントって、なんだろう。誰に渡すんだろう。もし、ラーくんに好きな人ができたら、私、ちゃんと応援できるかな……。

と、そこまで考えて、走っていた足が止まる。一歩も動けなくなる。

行きたくない。

知りたくない。

ラーくんが、誰を好きかなんて。

「ラーくん……」

「呼んだか？」

プリネが呟くと、後ろからひょいっとラーナが顔を出した。心臓が止まるかと思うほど驚いた。

「ラーくん！　なななななんで⁉」

「おお、悪い。驚かせちゃったか。や、買い物帰りなんだけど、お前を見かけたから。ウチ来るだろ？　一緒に行こうぜ」

「はっ、はいっ！」

勢いでつい答えてしまった。もはや逃げられない。死刑宣告を受けに行く気分で、プリネはラーナの後をついていった。

そんなことだから、プリネは最後まで気付かなかった。

今日が、本当は何の日か、だなんて。

宿屋の庭を突っ切って、ラーナが裏口の扉を開ける。彼に促《うなが》されてプリネが入ると、

「プリネちゃん誕生日おめでとーう！」

ぱんぱんっ、とクラッカーが鳴って、カラフルな細い紙が撒き散らされた。

クラッカーを持ったメアリーが、プリネに笑う。

「今日、誕生日でしょ？　もーう、自分の誕生日忘れちゃだめだよー」

「へ？　へ？」

「はいお兄ちゃん、渡してあげなよ！」

「お、おう」

メアリーが紙袋をラーナに手渡すと、彼は照れくさそうに、それをプリネに差し出した。

「おめでとうな、プリネ」

いたずらっぽい笑顔を浮かべて、メアリーが言う。

「それが、お兄ちゃんの買ってたプレゼントだよ？」

「へ、わ、私に？」

「他に誰がいるんだよ」

笑うラーナ。

プリネは呆然としながら、紙袋から中身を取り出す。

カチューシャだった。

ラーナに『女の子はどんなものをプレゼントされたら喜ぶか』と聞かれて、プリネが答えたものだ。まさか、自分にくれるなんて、思いもしなかった。

「安物だけどな」とラーナは言うが、そんなの関係ないとプリネは思う。思うと同時に身体が動いていた。ぎゅうっとラーナに抱きついて、心の底からこう告げた。

「ありがとう！　ラーくん大好きっ！」

人生で、一番最初に『勇気を振り絞った日』を覚えているだろうか。

プリネ・ラモードは覚えている。事あるごとに思い出し、そしてその幸せを噛み締めている。

九年前の、誕生日の出来事を。

あのときラーナに話しかけなければ、こんなに幸せなことは起こらなかった。あのときの自分の勇気が、今の私に幸福を与えてくれたんだ。

だから、とプリネは思う。

未来は変えられる、と。

〈神スキル【呼吸】するだけでレベルアップする僕は、神々のダンジョンへ挑む。』②へ続く〉

あとがき

初めまして、こんにちは、ライトノベル作家の妹尾尻尾《せのおしっぽ》と申します。

普段は講談社さんや集英社さんでお世話になっているものの、ありがたいことに今回は双葉社さんでもお世話になります。

ＷＥＢからの書籍化は初なので嬉しいやら緊張するやら。打診をくださった双葉社の小柳さんには足を向けて寝られません。ありがとうございます！

というわけで本作は、「小説家になろう」様にて２０１７年7月19日に連載を開始した『神スキル【呼吸】するだけでレベルアップする僕は、神々のダンジョンへ挑む。』に、改稿や書き下ろしを加え、書籍化したものとなります。

先述の通り、講談社さんと集英社さんでライトノベルの新人賞をそれぞれ受賞し、デビュー作を刊行してから、この作品の投稿を始めました。それが運良く双葉社さんの目に留まり、こうして本という形にして皆様にお届けすることができた次第です。ＷＥＢ小説からの書籍化作業ははじめてで、新鮮なことが多くて、とても楽しかったです。

連載時に発見した反省点は、書籍版でなるべく改善するよう努力しました。

メアリーのお話は、ＷＥＢではもっとずっと後で公開されていました。本当はもう少し早く入れたかったのですが、違う時間軸のお話なので、ずるずると後回しにされていたんです。それが書籍版ではこうして綺麗に一巻の区切りに入れることができて、大変うれしいです。

それ以外にも細かく変えていますので、すでにWEB版をお読みの方は、書籍版との差異もお楽しみ頂ければと思います。

でも一番の違いはイラストですよね！

イラスト担当の伍長さんが描いてくれたプリネやアンナさんが、めちゃくちゃ可愛いくてもう！　ラーナもカッコイイ！

伍長さん、色々とわがままを聞いてくださってありがとうございました！

最後に謝辞を。

編集の小柳さん、イラストの伍長さん、出版に関わってくださったすべての方々、そして何よりこの本を手に取ってくれた皆様、本当にありがとうございます。

次巻は、ラーナとプリネがマルチナさんたちとパーティを結成し、初心者の壁――第５層突破に挑戦します。ボス戦です！　そしてラスボスの存在も明らかに!?　という感じです。

また近いうちにお会いできることを祈っております。

それでは。

神《かみ》スキル【呼《こ》吸《きゅう》】するだけでレベルアップ
する僕《ぼく》は、神《かみ》々《がみ》のダンジョンへ挑《いど》む。①

2018年3月3日　第1刷発行

著者　妹《せ》尾《お》尻《しっ》尾《ぽ》

発行者　稲垣潔

発行所　株式会社双葉社
〒162-8540
東京都新宿区東五軒町3-28
電話　03-5261-4818(営業)
　　　03-5261-4851(編集)
http://www.futabasha.co.jp
(双葉社の書籍・コミック・ムックが買えます)

印刷・製本所　三晃印刷株式会社

フォーマットデザイン　ムシカゴグラフィクス

ISBN978-4-575-75189-5　C0193
Printed in Japan

Mせ01-01